Panik im Paradies •

Radio Rocky Beach

Erzählt von Ulf Blanck

Mit Illustrationen von Udo Smialkowski

und Marco Armbruster

KOSMOS

Umschlag- und Innenillustrationen von Udo Smialkowski, Berlin
und Marco Armbruster, Mainz
Basierend auf Illustrationen von Stefanie Wegner, 1999
Grundlayout von der Peter Schmidt Group, Hamburg
Umschlaggestaltung: Buch-Werkstatt GmbH, Bad Aibling

Unser gesamtes lieferbares Programm und viele
weitere Informationen zu unseren Büchern, Spielen,
Experimentierkästen, Aktivitäten, Autorinnen und
Autoren findest du unter **kosmos.de**

Dieser Doppelband besteht aus den Bänden
Die drei ??? Kids - Panik im Paradies
Die drei ??? Kids - Radio Rocky Beach
2022, Franckh-Kosmos Verlags-GmbH & Co. KG, Stuttgart.

FSC www.fsc.org
MIX
Papier | Fördert gute Waldnutzung
FSC® C014138

Gedruckt auf chlorfrei gebleichtem Papier

ISBN: 978-3-440-18311-3
Redaktion: Leyla Navarro
Produktion: Hanna Aldag
Layout und Satz: DOPPELPUNKT, Stuttgart
Druck und Bindung: Finidr, s.r.o., Český Těšín
Printed in Czech Republic / Imprimé en République tchèque

Die drei ??? *Kids*

Panik im Paradies • Radio Rocky Beach

Panik im Paradies

Erzählt von Ulf Blanck

Mit Illustrationen von Udo Smialkowski

KOSMOS

Die drei ??? *Kids*
Panik im Paradies

Nichts geht ohne Tante Mathilda

Es war ein sehr heißer Tag in Rocky Beach. Wahrscheinlich war es sogar der heißeste im ganzen Jahr. Justus Jonas stand der Schweiß auf der Stirn, als er seinen Rucksack packte.

»Taucherbrille, Chips und eine Dose Cola. Ich glaub, ich hab alles«, dachte er und polterte die Holztreppe hinunter. Gerade wollte er die Haustür öffnen, als er hinter sich eine laute Stimme vernahm:

»Moment, Justus!« Es war Tante Mathilda. Man konnte ihr einfach nicht entkommen.

»Hast du dich eingecremt?«

»Ja, hab ich«, nickte er.

»Hast du Brote und kalten Tee mitgenommen?«, fragte sie weiter und stellte sich ihm in den Weg.

»Hab ich.« Natürlich stimmte nichts davon.

»Dann schwimm nicht so weit raus, ärgere die Leute am Strand nicht, hier hast du noch ein Handtuch, Sonnencreme und einen Apfel. Komm nicht zu spät zurück – auch wenn Ferien sind!«

»Ja, ja, Tante Mathilda ...«

»Fast hätte ich es vergessen: Hier hab ich noch Onkel Titus' alten Schlapphut. Der ist gut gegen die Sonne.

Da kann man sich gar nicht genug vorsehen. Siehst du, passt wie angegossen.«

Lächerlich! Bestimmt sah er aus wie eine Vogelscheuche.

Sobald Justus außer Sichtweite war, riss er den grünen Schlapphut vom Kopf. Erst wollte er ihn in seinen Rucksack stopfen. Doch dann besann er sich und versteckte das hässliche Ding hinter der Regentonne.

»Tante Mathilda ist zwar die liebste Tante der Welt, aber sie will einfach nicht begreifen, dass ich kein Baby mehr bin«, grummelte er und schwang sich auf sein Fahrrad. »Aber Tanten müssen wahrscheinlich so sein.«

Der schwarze Asphalt flimmerte in der Sonne, und Justus trat keuchend in die Pedale. Der Fahrtwind kühlte angenehm sein Gesicht. Das Fahrrad hatte Onkel Titus auf seinem Schrottplatz aus fünf oder sechs kaputten zusammengebaut, und so sah es auch aus: silber, grünmetallic und teilweise orange. Zumindest hatte es eine Dreigangschaltung, und das war besser als nichts.

Bevor Justus am Ortsschild von Rocky Beach vorbeifuhr, musste er einen letzten Hügel erklimmen. »Geschafft!«, schnaufte er, denn ab jetzt ging es nur noch bergab. Er nahm die Hände vom Lenkrad, breitete die Arme aus wie ein Vogel und schoss freihändig den Berg hinunter. Wenn Tante Mathilda das sehen könnte ...

Neben der Straße führte die alte Eisenbahnlinie entlang. Die verrosteten Schienen konnte man im Gestrüpp kaum noch erkennen. Etwas weiter gabelten sich die Gleise, und genau an der Stelle stand die *Kaffeekanne*. In Wirklichkeit war es ein verrosteter Wassertank für die alten Dampflokomotiven. Er war viermal so groß wie eine Telefonzelle und stand auf einer Konstruktion aus Holzbalken – wie auf einem Hocker. Unten führte ein dickes Wasserrohr direkt ins Innere des Tanks, und an dieses Rohr waren Stahlsprossen geschweißt. Aus der Seite ragte eine schwenkbare Röhre. Hierdurch waren früher die alten Loks mit Wasser aufgefüllt worden.

Von weitem sah der Tank aus wie eine *Kaffeekanne*, und darum wurde er auch so genannt. Man konnte von unten durch die Luke in den Wassertank einsteigen. Innen drin war Platz genug für mindestens drei Personen. Hier wurden Pläne ausgeheckt, Pfandflaschen gesammelt und Süßigkeiten gelagert. Die *Kaffeekanne* war nicht nur Treffpunkt, sondern Hauptquartier, Lager und Geheimversteck.

Justus holperte über die Gleise darauf zu. Plötzlich öffnete sich knarrend an der Unterseite eine Luke. Zuerst sah man nur wuschelige Haare, dann kam das ganze Gesicht zum Vorschein.

»Da bist du ja endlich, Just! Wir schwitzen uns gerade die letzte Spucke aus dem Mund.« Es war Peter Shaw, und neben ihm tauchte auch schon kopfüber Bob Andrews auf. Mit einer Hand hielt er seine Brille fest.

»Nichts wie raus aus der Sauna«, keuchte er und kletterte die Sprossen hinab.

»Na, dann kann's ja losgehen!«, rief Justus.

Jetzt war das Trio komplett: Justus, Peter und Bob aus Rocky Beach, drei Freunde, stets auf der Suche nach dem nächsten Abenteuer. Keine Frage sollte lange ohne Antwort bleiben. Das war das Motto der jungen Detektive.

Und wenn man genau hinsah, konnte man es oben auf der *Kaffeekanne* erkennen. Dort baumelte eine kleine Fahne aus schwarzem Stoff. Und in der Mitte zeigte sie ein weißes, ein rotes und ein blaues Fragezeichen. Das Symbol der drei ???.

Glühender Asphalt

Peter sprang als Erster auf sein Rennrad. Bob folgte ihm und trat kräftig in die Pedale. »Der Letzte muss den Strand fegen!«, lachte er.

»Die Letzten werden die Ersten sein«, murmelte Justus und fuhr den anderen hinterher. Sie erreichten wieder die Straße, und es ging immer noch bergab. Die Sonne stand inzwischen senkrecht am Himmel. Und je mehr sie sich dem Strand näherten, desto stärker konnten sie die Brandung hören und die salzige Luft schmecken. Mit Schwung nahmen die drei ??? den letzten Hügel, und da kam es zum Vorschein: das Meer – tiefblau und unendlich weit. Wie ein riesiger Teppich lag es vor ihnen und wartete nur darauf, dass sie sich in sein kühles Nass stürzten.

Die Straße machte einen kleinen Bogen, als plötzlich eine schwarze Limousine von hinten angeschossen kam.

»Achtung!«, schrie Justus, den es fast erwischt hätte. Laut hupend jagte der Wagen um die Kurve, und Peter konnte sich nur noch mit einem Sprung vom Fahrrad retten.

»Spinnt der?«, fluchte Bob und tippte sich an die Stirn.

Justus rannte sofort zu Peter und fragte besorgt: »Alles in Ordnung bei dir?«

»Schon okay«, stöhnte dieser und hob sein Rad auf. »Nur schade, dass keiner meinen Stunt gefilmt hat. Hätten die mir in Hollywood bestimmt abgekauft«, grinste er mühsam.

»Der Typ hat ja nicht mehr alle Tassen im Schrank«, fluchte Bob. »Man sollte seinen Führerschein zerreißen und ihn in den Bus setzen! Idiot!«

»Woher willst du wissen, dass es ein Typ war und keine Frau?«, fragte Justus und knetete nachdenklich seine Unterlippe.

»Ich glaub es nicht. Da fährt man uns halb tot, und Just macht einen auf Detektiv«, schimpfte Bob.

Dennoch hatte Justus recht. Der Wagen war viel zu schnell gefahren, um den Fahrer erkennen zu können. Nur eine Sache hatte er sich eingeprägt. Die schwarze Limousine hatte ein Zeichen im Kühlergrill: einen roten Skorpion auf gelbem Untergrund. Diese Beobachtung behielt er aber für sich. Er wollte von Bob nicht noch einen dummen Spruch riskieren.

Kurze Zeit später erreichten die drei ??? die Steilküste, und der Schreck war vergessen. Um einen abgestorbenen Baum herum schlossen sie ihre Fahrräder zusammen. Von der Kante der Steilküste ging es über fünf Meter senkrecht hinunter. Unten lag eine kleine Bucht mit feinem weißen Sand. Meistens waren die drei die Einzigen an dieser Stelle, denn kaum einer wagte es, hier herunterzuklettern.

»Dann mal los!«, rief Peter und durchsuchte das Gestrüpp unter dem Baum. »Ich hab es«, lachte er plötzlich und hielt ein kräftiges Seil in der Hand. Die

drei hatten es einmal am Strand gefunden, und seitdem diente es als Kletterseil.

Wahrscheinlich hatte es ein Fischerboot oder ein Frachter im Sturm verloren. Das Ende des Seils war an dem Baum mit den Fahrrädern festgeknotet. Peter hangelte sich als Erster hinab. Dann spuckte Bob in die Hände und packte fest das Seil.

»Auf dass der Tampen reißt und uns die Haie fressen – beim heiligen Klabautermann!«, rief er laut. Bob hatte viele Piratenfilme gesehen und wusste, dass Seeleute diese dicken Seile Tampen nannten.

»Ich warte lieber, bis ihr unten seid«, sagte Justus. So ganz vertraute er dem alten Tampen nicht. Außerdem war er nicht gerade der Leichteste von den dreien.

»Los, Peter! Auf mein Zeichen entern wir die Bucht und springen ab!«, rief Bob. »Zum Angriff!« Und beide sprangen die letzten Meter in den weichen Sand.

Als sich Justus dann langsam und bedächtig abseilte, tobten Peter und Bob schon längst in den Wellen.

Land in Sicht

Der Sand war so heiß, dass man sich fast die Füße verbrannte. Justus hatte das Gefühl, auf glühenden Kohlen zu laufen.

»Komm rein, Just!«, rief Bob. »Ich hab die Haie alle weggescheucht.« Doch Justus reichte es, bis zum Bauch in der Brandung zu stehen. Wenn er mal rausschwamm, dann nur mit einem T-Shirt.

Kurze Zeit später lagen alle drei auf ihren Handtüchern, aßen Chips und tranken Cola. Der leichte warme Wind trocknete ihre Haare, und die Sonne spiegelte sich in den Wellen.

»Seemann ist eigentlich kein schlechter Job«, dachte Bob laut. »Monatelang auf einem Schiff und nichts zu tun. Herrlich!«

»Nicht übel«, fand auch Peter. »Die haben Fernseher an Bord, Tischtennisplatten und ganz sicher kalte Cola.«

»Ich weiß nicht, mir wäre das zu langweilig«, meinte Justus.

Plötzlich stand Bob auf und hielt sich die Hände wie einen Trichter vor den Mund. »Land in Sicht! Ich sehe Land!«

Peter stellte sich neben ihn. »Alle Mann von Bord, das Schiff sinkt! Frauen und Kinder zuerst ... ab ins Rettungsboot!« Sie setzten sich beide auf Justus und taten so, als würden sie um ihr Leben rudern.

»Und eins, und eins, und eins ... schneller, ihr Süßwassermatrosen!«, feuerte dieser sie an. »Wir saufen sonst ab, Männer! Die Nussschale ist so morsch, dass überall Wasser eindringt!«

Dann krabbelten alle drei mit letzter Kraft durch den Sand und blieben erschöpft liegen. »Geschafft. Nach fünf Tagen im Meer haben wir wieder festen Boden unter den Füßen. Neptun sei Dank ...«, stöhnte Justus.

»Hier sind Fußspuren im Sand. Ob es Kannibalen

auf der Insel gibt?«, rief plötzlich Peter und tat, als sei er zu Tode erschrocken.

»Menschenfresser, Kannibalen!«, schrien alle durcheinander und versteckten sich unter ihren Handtüchern.

»Die sollen zuerst Just fressen, danach sind sie satt«, grölte Bob.

»Klar! Denn von dir kriegen sie Sodbrennen und könnten tagelang nicht mehr tauchen!«, brüllte Justus zurück.

»Wieso sollten die Kannibalen dann nicht mehr tauchen können?«, fragte Peter.

»Weil Bob so hohl ist«, schrie Justus und schmiss sich vor Lachen in den Sand.

Die Stunden vergingen, und gleichmäßig donnerten die Wellen gegen die Felsen der Steilküste. Der Wind hatte ein wenig aufgefrischt, und auf dem Meer tanzten kleine Schaumkronen.

Peter ließ den heißen Sand durch seine Finger rieseln. »Die Hitze trocknet mir das Gehirn aus«, stöhnte er und trank den Rest aus seiner Cola. »Just

hat anscheinend auch schon einen Sonnenstich«, lachte er. Er zeigte auf Justus, der aus seinem Comic eine Wurst rollte und sich vor das Gesicht hielt.

»Was machst du da?«, fragte Bob neugierig.

Darauf hatte Justus Jonas nur gewartet, und er erklärte gelassen wie ein Geschichtslehrer: »In Zeiten der Not hat man früher auf See solche Rollen als Fernrohr benutzt. Und was soll ich euch sagen: Dies ist ein Notfall.«

»Wieso, sinkt ein Schiff?«, fragten die beiden erschrocken.

»Nein, viel besser!«, sagte Justus. Peter und Bob kannten diese Art von ihm, und plötzlich roch es ganz gewaltig nach Abenteuer. »Guckt mal mit einem Auge hier durch, ihr werdet euch wundern.«

Bob hielt den aufgerollten Comic vor seine Brille und blinzelte auf den Ozean. »Da, ja ... ich seh Piraten! Alles voller Piraten! Ich seh brennende Segel und Enterhaken. Haltet aus, Mylady, ich komme und rette Euch«, schrie er lachend und stürzte sich ins Wasser.

»Gib mir mal!«, rief Peter dazwischen und schnappte sich das ›Fernrohr‹. »Tatsächlich, ein bisschen besser kann man damit wirklich gucken.«

»Dann siehst du wahrscheinlich auch diesen kleinen Punkt zwischen den Wellen, oder? Ich hab das merkwürdige Ding schon die ganze Zeit beobachtet«, sagte Justus nachdenklich.

Bob kam neugierig aus dem Wasser zurück. Die drei ??? standen auf den Zehenspitzen und starrten auf das Meer. Peter hielt sich immer noch die Rolle vor sein Auge. »Es ist nur ganz schwach zu erkennen, und es verschwindet immer wieder zwischen den Wellenbergen. Doch da! Ja, ich bin ganz sicher. Es bewegt sich!«

Schreie aus dem Meer

»Es bewegt sich?«, fragte Bob ungläubig.

»Guck doch selbst durch«, sagte Peter ärgerlich.

Doch das brauchte Bob nicht mehr, denn in dem Moment hörten alle drei einen langen, klagenden Ruf aus der Richtung.

»Was war das?«, erschrak Peter. »Das hörte sich an wie ein Hilfeschrei.«

»Wir müssen die Küstenwache alarmieren«, rief Bob aufgeregt und rannte umher.

Justus blickte nachdenklich auf die Wellen. »Bis die hier sind, treibt es zu den Felsen und wird dort zerschmettert«, sagte er. Was konnte das da draußen nur sein? »Ein Mensch ist es nicht«, überlegte Justus nervös. »Der würde doch mit den Armen winken, wenn er Hilfe bräuchte.«

»Vielleicht hat er keine mehr«, meinte Peter ängstlich. »Ihr wisst schon ... die Haie!«

»Quatsch«, rief Justus dazwischen. »Hier gab es noch nie Haie. Und außerdem hört sich das nicht nach einer menschlichen Stimme an.«

Peter konnte das nicht beruhigen. »Dann ist es ja noch schlimmer«, jammerte er.

Was auch immer dort draußen war, es trieb langsam an die Klippen, und die Rufe wurden deutlicher.

»Wir müssen irgendetwas tun«, rief Bob. »Es muss etwas geschehen!«

Justus stand jetzt bis zum Bauch im Wasser. »Peter, meinst du, du könntest die Strecke schaffen?«, fragte er.

»Du bist wohl nicht ganz dicht!«, rief Peter zurück. »Wer weiß, was das für ein Vieh ist. Und vielleicht ruft es uns nicht, sondern will uns warnen.«

»Du würdest es also nicht schaffen?«, wiederholte Justus seine Frage.

»Natürlich würde ich es schaffen. Es ist nur ... es ist nur ...« Ein verzweifelter, kläglicher Schrei unterbrach ihn. »Mann, verdammter Mist! Immer muss ich es machen«, rief er ärgerlich und rannte entschlossen ins Wasser.

»Du bist eben der beste Schwimmer«, rief ihm Justus hinterher. »Sowie du mit den Armen winkst, holen wir sofort Hilfe.«

Das Letzte hörte Peter nicht mehr, denn in dem Moment tauchte er kopfüber unter einer Welle hindurch. Er war tatsächlich der beste Schwimmer und hatte schon mehrere Übungen als Rettungsschwimmer hinter sich. Nur diesmal sollte er keine Puppe aus dem Wasser holen, sondern etwas Nichtmenschliches, das schrie und zappelte.

Um ihn herum brachen sich die Wellen und schleuderten Peter immer wieder zurück. Bob und Justus versuchten, ihm vom Strand aus die Richtung zu zeigen, doch Peter konnte diese Zeichen nicht deuten. Näher und näher trieben ihn die Wellen an die gefährlichen Klippen. Wenn er nicht gleich dieses Ding erblickte, musste er umdrehen.

Plötzlich krachte eine große Welle auf ihn nieder,

und ein harter Gegenstand stieß gegen seine Schulter. Er rieb sich das Wasser aus den Augen, packte mit den Händen etwas Festes, zog sich daran hoch und blickte in zwei große Augen. Es war ein kleiner Seehund. Ängstlich klammerte sich das arme Tier an eine zerbrochene Schiffsplanke und wimmerte wie ein Baby. Es schien so, als ob beide über dieses Zusammentreffen erleichtert waren. Peter, da er nicht von unbekannten Wesen gefressen wurde, und der junge Seehund, weil endlich Rettung gekommen war.

»Was bist du denn für einer«, lachte Peter und schob die Planke in Richtung Ufer. Justus und Bob kamen ihm die letzten Meter entgegengeschwom-

men und zogen die schwere Holzplanke an den Strand.

»Das ist ja ein Heuler!«, rief Justus und nahm ihn auf den Arm.

Bob betrachtete das Tier und meinte: »Ich finde, der sieht eher aus wie ein Seehund.«

»Das ist er doch auch«, sagte Justus. »Ein Heuler ist ein junger Seehund, der seine Eltern verloren hat.«

Peter und Bob schwiegen. Sie wussten, dass Justus bei Tante Mathilda und Onkel Titus wohnte. Seine Eltern waren bei einem Unfall ums Leben gekommen, als er fünf Jahre alt war.

»Wir werden dich Jonas nennen«, sagte Justus plötzlich.

»Also, so wie du: Justus Jonas?«, fragte Bob.

»Entweder so oder wie Jonas und der Walfisch«, lachte er, und Peter und Bob waren sofort einverstanden.

Waisenkind Jonas

Justus trug Jonas zum Lagerplatz und wickelte den kleinen Heuler in sein Handtuch. Völlig erschöpft legte das Tier den Kopf auf die Seite und blinzelte in die Sonne.

»Der braucht Schatten und muss feucht gehalten werden«, wusste Bob, und die drei ??? bauten einen Sonnenschutz aus Handtüchern und Holzstöckchen.

»Ohne dich würde der kleine Seehund jetzt gegen die Klippen schlagen«, wurde Peter gelobt, und vor Stolz bekam er rote Ohren.

»Ach, das war doch ein Klacks«, lachte er. »Solange ich kein Schiff an Land ziehen muss, mach ich das sogar mit einer Hand auf dem Rücken.«

Wie auf Kommando sahen alle drei auf die Planke. Vor lauter Aufregung hatten sie diese völlig vergessen. Gehörte sie zu einem Schiff? Wie war der Heuler überhaupt darauf gekommen?

Justus knetete nachdenklich seine Unterlippe: »Nehmen wir einmal an, der kleine Seehund kommt von einer der Sandbänke in der Nähe von Rocky Beach. Warum schwimmt er plötzlich los, findet zufällig diese Planke, springt rauf und lässt sich dann vom Meer wegtreiben?«

»Das stimmt«, bekräftigte Bob. »Ein merkwürdiger Zufall. Tiere bleiben bei ihrer Familie. Andererseits frage ich mich: Woher kommt überhaupt diese Planke? Wisst ihr, woran mich das erinnert?«

»Ich weiß«, antwortete Peter. »An einen Schiffbrüchigen. Bestimmt war es so: Ein Schiff ist gesunken und hatte lauter Tiere an Bord.«

»Vielleicht einen Zirkus?«, überlegte Bob weiter. »An Bord waren haufenweise Tiere, und plötzlich läuft das Schiff auf ein Riff auf und sinkt. Alle saufen ab, nur der Seehund rettet sich auf eine Planke. Wie Robinson Crusoe.«

Justus blickte nachdenklich auf das Meer.

»Suchst du nach weiteren Überlebenden, Justus?«, fragte Peter und übergoss den Heuler mit einer Ladung Wasser aus einer Colaflasche.

Justus setzte sich wieder und untersuchte die Schiffsplanke. »Ich weiß nicht. Es gibt keine Beweise für die Sache mit dem Zirkusschiff. Es könnte auch komplett anders gewesen sein. Außerdem ist diese Holzplanke sehr morsch. Die trieb schon lange im Wasser.«

»Ein Geisterschiff?«, rief Peter aufgeschreckt.

»So etwas gab es doch nur früher«, sagte Bob. »Heutzutage wird der Ozean ständig mit Radar und durch Satelliten überwacht.« Er wusste das, weil sein Vater als Journalist bei einer Zeitung arbeitete und vor kurzem eine Reportage darüber geschrieben hatte.

»Den Heuler können wir nicht fragen, das steht fest«, erklärte Justus. »Bleibt also nur diese alte

Schiffsplanke. Wenn man genau hinguckt, erkennt man einige Einkerbungen. Vielleicht haben sie eine Bedeutung. Hier ist so etwas wie ein Kreuz. Man müsste diese ganzen Seepocken vorsichtig abkratzen und vielleicht ...« In dem Moment wurde er von Jonas, dem Seehund, lautstark unterbrochen. Er hob seinen Kopf und heulte bitterlich auf.

»Ich weiß, was er hat«, rief Peter. »Genau das Gleiche, was Justus ewig plagt. Nämlich Hunger.«

»Der sieht aus, als ob er seit Tagen nichts mehr gegessen hat«, fand auch Bob. »Vielleicht mag er Chips?« Doch er musste selbst lachen.

Nun hatten die drei ??? plötzlich die Verantwortung für einen kleinen Seehund. Justus hätte ihn am liebsten mit nach Hause genommen. Doch dann dachte er an Tante Mathilda und verwarf die Idee sofort wieder.

»Ich weiß, wo wir ihn hinbringen können«, rief Bob plötzlich. »Der alte Larson hat doch hier in der Gegend seinen Privatzoo. Der versorgt Tiere, die ihm zugelaufen sind oder ihm gebracht werden.«

Peter fand den Vorschlag gar nicht gut. »Der verrückte Larson? Gibt es keine bessere Lösung? Ich war da mal, mit meinen Eltern. Der Typ kam mir ein bisschen merkwürdig vor. Wisst ihr, was der um den Hals trug? Eine Schlange! Mindestens zwei Meter lang.«

Auch Justus und Bob hatten merkwürdige Dinge über den alten schrulligen Mann gehört. Larsons Zoo war aber die einzige Möglichkeit, und Peter wurde überstimmt.

Es dauerte eine Weile, bis die drei ??? wieder die Steilwand hochgeklettert waren. Als Letzter wurde der kleine Seehund, fest in ein Handtuch gewickelt, mit dem Seil hochgezogen.

Larsons Paradies

»Also, auf den Gepäckträger können wir den armen Jonas nicht schnallen«, lachte Bob.

Justus hatte eine bessere Idee. Er leerte seinen Rucksack, verteilte alles auf Peter und Bob und steckte den Heuler vorsichtig hinein. Gott sei Dank hatte er Onkel Titus' Schlapphut nicht mitgenommen, das wäre jetzt ganz schön peinlich gewesen.

Die Fahrräder wurden wieder aufgeschlossen, und die drei fuhren zu Larsons Zoo. Jonas, der Heuler, fand das alles sehr aufregend und streckte seinen Kopf neugierig aus dem Rucksack. Links und rechts von Peter fuhren Bob und Justus und gossen dem Seehund abwechselnd Meerwasser aus der Colaflasche über den Kopf. Jedes Mal, wenn eine Wasserladung kam, schien der Heuler zu lachen und klatschte in die Flossenhände.

»Was ist, wenn der alte Larson unseren Seehund gar nicht aufnehmen will?«, fragte Peter besorgt.

»Der will bestimmt«, beruhigte Bob. »Der komische Typ hat nur solche Tiere. Mein Vater hat einmal einen Hasen angefahren und zu Larson gebracht. Der wollte ihn wieder gesund pflegen.«

»Hasen sollen gut schmecken«, murmelte Peter.

»Hör auf, uns Angst zu machen«, rief Justus dazwischen. »Larson mag zwar ein bisschen verrückt sein, aber der wird doch keine Seehunde essen! Außerdem haben wir keine andere Wahl. Nach Hause kann ich Jonas nicht mitnehmen.« Er stellte sich Tante Mathilda vor, wie sie den Heuler in der Badewanne entdeckte, und musste grinsen.

»Mein Vater sagt, Larson war mal Kapitän auf einem Frachter«, erzählte Bob. »Eines Tages ging sein Schiff unter, und er trieb zehn Tage in einem Rettungsboot im Wasser. Das Ding hatte ein Loch, und Tag und Nacht musste er schöpfen, sonst wäre er abgesoffen. Irgendwann konnte er nicht mehr und gluckerte schon so langsam zum Meeresgrund, als plötzlich ein Delfin kam und ihn wieder nach oben drückte. Kurz darauf hat ein Fischer ihn gefunden. Ohne den Delfin wäre Larson jetzt tot.«

»Das ist ja unglaublich«, fand Peter.

»Daraufhin hat er geschworen, jedem Tier zu helfen, das in Not ist. Er kratzte seine ganze Kohle zusammen und kaufte sich das Grundstück hier. Er lebt nur von dem, was ihm Besucher in seine Spendendose werfen oder in seine Futterautomaten stecken. Mein Vater sagt, abends stellt er sich oft an den Strand und ruft seinen Delfin.«

Der kleine Privatzoo lag in einem großen ausgetrockneten Flussbett. Eine tiefe Schneise durchschnitt die Steilküste und öffnete das Land zum Pazifik. Der Zoo hatte so auf beiden Seiten durch die hohen Felswände eine natürliche Begrenzung. Zum Meer hin endete das Gelände in einer kleinen steinigen Bucht. Ein schmaler sandiger Weg führte von einem Parkplatz zum Eingang. Hier mussten die drei ??? von ihren Rädern absteigen.

»Los, schnell jetzt«, rief Peter. »Beeilt euch! Jonas verdreht schon die Augen vor Hunger.«

Kurze Zeit später standen sie vor der riesigen Holztür am Eingang. Zu beiden Seiten wucherte ein Dickicht aus Palmen und Lianen, wie im tiefsten Dschungel. Und obendrüber hing ein großes Schild mit der Aufschrift: ›Larsons Paradies‹.

Kapitän an Land

Justus blickte noch einmal zurück und entdeckte eine schwarze Limousine auf dem Besucherparkplatz. Er dachte an den roten Skorpion, und am liebsten hätte er den Wagen danach abgesucht.

»Justus, nun komm schon! Wir haben keine Zeit mehr«, rief Bob und öffnete das große Tor.

»Gibt es hier Schlangen?«, fragte Peter ängstlich und guckte nervös auf den Boden.

»Früher gab es die hier mal. Aber nach und nach sind sie von den Krokodilen gefressen worden«, machte sich Bob über ihn lustig.

Peter fand das nicht witzig. »Hör auf mit den dummen Sprüchen. Ich hasse Schlangen. Und hier sieht das verdammt nach den Viechern aus.«

Der Weg führte immer tiefer in den Dschungel,

und über ihren Köpfen verdunkelte ein dichtes Blätterdach den Himmel. An einigen Stellen waren steile Stufen in den felsigen Untergrund geschlagen, und der kleine Seehund wurde im Rucksack kräftig durchgeschaukelt. Doch dann öffnete sich das Dickicht, und die drei ??? standen auf einer großen Lichtung.

»Das ist also ›Larsons Paradies‹«, sagte Justus beeindruckt.

Überall wuchsen exotische Obstbäume, und riesige Schmetterlinge flatterten im Sonnenlicht. Mitten durchs Gelände plätscherte ein kleiner Bach. Mehr war von dem großen Fluss nicht übrig geblieben, der sich vor langer Zeit hier ins Meer ergossen hatte. Es war still und friedlich im Zoo. Jetzt, gegen Abend, verließen die letzten Besucher den Park.

»Nun guckt euch mal diese riesige Schildkröte da vorn an«, rief Bob. »Ich wette, man kann auf ihr reiten.« Die Schildkröte guckte die drei ??? einen Moment müde an und fraß dann gemütlich weiter an ihrem Salatkopf.

»Die hat die Ruhe weg«, meinte Justus. »Genau wie Onkel Titus.«

Plötzlich fing Bob an zu lachen. »Was ist denn das für ein komisches Tier. So etwas hab ich ja noch nie gesehen. Das sieht aus wie ein Teddybär mit Gurke im Gesicht. Nee, noch viel besser: So wie Justus in siebzig Jahren!« Er deutete auf Justus' knollige Nase.

»Das ist ein Nasenaffe«, sagte Justus ärgerlich und streckte dem Tier die Hand hin. Der Affe sah wirklich lustig aus, und plötzlich griff er Justus' Hand und schüttelte sie, als würde er Guten Tag sagen.

»Der ist reif für den Zirkus«, sagte Peter.

»Wer von den beiden?«, rief Bob dazwischen und hielt sich den Bauch vor Lachen.

»Jetzt lasst uns endlich Larson suchen, sonst verhungert Jonas noch!«, sagte Justus wütend.

Plötzlich hörten sie von der anderen Seite eine Stimme. »Jonas ... Jonas«, krächzte es.

»Was war das?«, erschrak Peter.

»Hört sich fast an wie Tante Mathilda«, scherzte Justus und ging in Richtung der Rufe. »Mathilda ... Tante Mathilda ...«, ertönte es.

»Da!«, rief Bob. »Da ist der Schreihals!« Und er zeigte auf einen Käfig. Tatsächlich, dort saß ein kleiner schwarzer Vogel mit gelbem Schnabel. Unten drunter war ein Schild befestigt: ›Beo. Sprechende Papageienart.‹ Daneben stand ein Automat für Tierfutter.

»Schreihals ... Schreihals ... Tante Mathilda ...«, plapperte der Vogel.

»Los, Beo. Sag mal: Der alte Larson hat eine Macke«, flüsterte Bob. »Sag: Larson hat eine Macke.«

»Wer hat eine Macke?«, hörten sie plötzlich eine tiefe Männerstimme.

Die drei ??? rissen ihren Kopf herum und blickten Larson direkt in die Augen. Der alte Seebär trug einen schneeweißen Vollbart, auf dem Kopf eine Kapitänsmütze, und zum Schrecken von Peter hatte er die zwei Meter lange Schlange um seinen Hals gewickelt.

»Ich ... ich ... ich wollte nur«, stotterte Bob. »Ich wollte nur ...«

»Was wolltest du nur?«, fragte Larson grimmig.

»Ich wollte nur mal gucken, ob ... also, ob der Beo ... ich meinte nicht Sie und ... äh.« Bob wäre am liebsten weggelaufen.

»Soso, der alte Larson hat also eine Macke«, murmelte der Kapitän in seinen Bart. Dann musterte er jeden Einzelnen und nahm langsam seine Pfeife aus dem Mund. An seinem Gürtel klapperte eine Sammelbüchse für Spenden. »Beim heiligen

Klabautermann. Ihr Bengels habt eine große Klappe«, lachte er.

»... und wir haben einen kleinen Seehund, der am Verhungern ist«, platzte Justus heraus. In der Aufregung hätten sie Jonas, den Heuler, fast vergessen. Justus hob ihn jetzt sanft aus dem Rucksack.

»Na, das ist ja mal ein putziges Kerlchen«, sagte Larson und strich dem Seehund über den Kopf. Justus wollte gerade mit der Geschichte beginnen, als der alte Kapitän ihn unterbrach. »Das kannst du gleich alles erzählen. Erst mal braucht der Kleine einen ordentlichen Schluck zu trinken. Also, kommt mal mit! Wir gehen in mein Haus.«

Ein kurzer Weg führte die drei ??? zu einer kleinen windschiefen Hütte. Davor war eine Veranda aus Holz, auf der ein Schaukelstuhl stand. Auf der einen Seite blickte man ins Dickicht des Tierparks, und zur anderen Seite sah man auf den unendlichen Pazifik.

»Dann mal rein in die gute Stube!«, lachte der alte Kapitän und öffnete knarrend die Holztür.

Affenjagd

Im Haus war es sehr finster, und die drei ??? mussten sich erst einmal an die Dunkelheit gewöhnen. Es gab nur einen kleinen Raum, in dessen Mitte ein runder Tisch mit vier Stühlen stand. In der Ecke erkannten sie einen alten Kachelofen mit einer Herdplatte und einer kleinen Kochnische. An den Wänden hingen so unendlich viele merkwürdige Dinge, dass die drei ??? nicht wussten, wohin sie zuerst blicken sollten. Ausgestopfte Haie, Fischernetze, ein verrosteter Anker, Petroleumlampen, Harpunen, Seekarten, alte Logbücher, ein Fernrohr und, und, und …

»Ja, guckt euch nur um, Jungs. Zu jedem Ding da hab ich eine Geschichte auf Lager. Ich füttere aber erst einmal unseren kleinen Freund.« Larson nahm seine Schlange von der Schulter und legte sie in eine

Kiste in der Nähe des Ofens. Peter ließ die Schlange keine Sekunde aus den Augen.

»Vor der brauchst du keine Angst zu haben. Du kannst sie ruhig einmal streicheln, wenn du willst. Das ist eine ungiftige Würgeschlange.« Peter schienen die Worte des Kapitäns nicht gerade zu beruhigen. Larson wühlte zwischen Töpfen und allerhand Geschirr und fand eine kleine Nuckelflasche.

»Der Kleine muss langsam wieder aufgepäppelt werden, und das geht am besten mit warmer Milch. Später bekommt er dann Fischbrei.«

Justus hatte zwar immer Hunger, doch diesmal verging ihm der Appetit.

»Hier, mein Junge. Dann füttert mal euer Findelkind!«, sagte Larson und drückte Justus die Nuckelflasche in die Hand. »Am besten nimmst du den Heuler auf deinen Schoß und hältst mit der anderen Hand seinen Kopf!« Gierig saugte der kleine Seehund die Milch in sich auf.

»Ab jetzt nennen wir dich ›Mama Justus‹«, lachte Bob.

»So, und nun erzählt mal, wie ihr an den kleinen Fratz gekommen seid!«, sagte Larson. Er hörte aufmerksam zu und stopfte dabei seine Pfeife.

»Dolle Geschichte«, sagte er, als sie geendet hatten. »Darauf mach ich euch erst einmal eine schöne heiße Tasse Tee. Ihr mögt doch Tee, oder?«

»Ja, ja«, nickte Bob übertrieben. »Heißer Tee im Sommer ist das Größte.«

»Genau«, grinste der Kapitän. »Tee ist das Größte. Ich mach mir einen Schuss Rum mit hinein, und ihr kriegt dazu ein Stück Kuchen.« Er nahm eine alte Kupferkanne vom Herd und goss jedem eine Tasse heißen Tee ein. Jede Tasse war sehr eigentümlich geformt. Die von Bob war leicht kugelig und hatte keinen Henkel.

»Das hab ich alles auf meinen Reisen gesammelt. Lauter altes Zeug, aber irgendwie kann ich mich nicht davon trennen.« Larson lehnte sich zurück und zündete seine Pfeife an. »Früher war ich mal genauso wie ihr Jungs. Immer gucken, wo es was zum Spekulieren gibt.«

»Spekulieren? Was ist das denn?«, fragte Peter und machte ein verwundertes Gesicht.

»Man sagt das unter Seeleuten, wenn man seine Nase überall reinsteckt, wo sie nicht hingehört. Immer auf der Suche nach dem nächsten Abenteuer. Mich hat das fast mein linkes Bein gekostet, aber das ist eine andere Geschichte.«

»Ach was. Wenn wir drei am ›Spekulieren‹ sind, passen wir auf uns auf«, tönte Bob und nahm einen kräftigen Schluck Tee aus der seltsamen Tasse.

»Dann pass mal auf, dass dir vor Schreck nicht gleich der Becher aus der Hand fällt! Der ist nämlich unersetzbar.«

»Wieso? Ist der aus Gold gemacht?«, lachte Bob.

»Nee, der ist aus einem Menschenschädel.«

Bob hielt sich entsetzt die Hand vor den Mund. Sein Magen drehte sich um, und mit einem Satz sprang er auf und stürmte zum Ausgang.

»Keine Panik, mein Junge, das war nur Spaß«, lachte der Kapitän.

Doch Bob hörte es nicht mehr. Er riss die Tür auf,

rannte hinaus und prallte gegen den Nasenaffen. Das Tier brüllte fürchterlich, und aus dem Maul lief ihm weißer Schaum.

»Mit Gumbo stimmt was nicht!«, rief der Kapitän. Plötzlich packte der Affe Bob am Hals und warf ihn auf den Boden.

»Wir müssen ihm helfen!«, schrie Justus, da sprang das Tier durch die Tür herein. Für einen Moment blieb es unschlüssig stehen.

»Steht ganz ruhig auf, Jungs!«, flüsterte der Kapitän.

Justus und Peter erhoben sich von ihren Stühlen und drückten sich mit dem Rücken gegen die Wand. Wie von Sinnen rannte der Affe zum Tisch, hob ihn hoch und schmiss ihn krachend auf die Seite. Wild funkelten seine Augen, und der weiße Schaum lief an seinem Fell herunter. Dann streckte er die langen Arme aus und bewegte sich auf Justus und Peter zu. Im letzten Moment riss der Kapitän das Fischernetz von der Wand und stürzte sich auf den Nasenaffen.

»Raus hier! Damit ist Gumbo eine Weile beschäftigt. Lauft, so schnell ihr könnt!«, rief er und warf das Netz über den Affen. Das Tier war außer sich vor Wut. Justus, Peter und der Kapitän stürzten nach draußen und halfen Bob wieder auf die Beine.

»Achtung, er hat sich bereits von dem Netz befreit«, keuchte Peter und zeigte in die Hütte. Von drinnen hörte man es gewaltig poltern und scheppern. Der Kapitän wollte gerade die Tür zuschlagen, als der Affe plötzlich wieder heraussprang.

»Nehmt die Beine in die Hand und haut ab, Jungs!«, befahl der Kapitän, und alle vier rannten los. »Wir müssen uns aufteilen, sonst sind wir dran.«

Jeder nahm eine andere Richtung, und der Affe blieb für einen Moment verwundert stehen.

»Es hat geklappt!«, keuchte Peter atemlos, doch damit lenkte er die Aufmerksamkeit des Affen auf sich. »Gumbo kommt hinter mir her«, jammerte er und legte noch einen Zahn zu.

»Macht schon«, rief der Kapitän. »Beeilt euch, klettert auf den großen Baum da vorn!«

Sekunden später saßen Bob, Justus und Larson auf einer dicken Astgabel. Peter hingegen lief um sein Leben. Mit riesigen Sätzen rannte er den Hügel hinab und fühlte schon die messerscharfen Zähne in seinem Nacken.

»Lauf, Peter, lauf, so schnell du kannst!«, schrie Justus und hielt sich krampfhaft an einem Zweig fest.

Aus dem Affenmaul spritzte immer mehr Schaum, und Gumbos lautes Grunzen dröhnte durch den ganzen Park. Näher und näher kam das Tier. Panisch drehte sich Peter um und übersah dadurch eine Wurzel. Er stolperte und landete in hohem Bogen im Gras. Der Affe stürzte sich auf ihn, packte seinen Fuß und schleuderte Peter herum.

Gerade als Justus, Bob und der Kapitän ihm zu Hilfe eilen wollten, konnte Peter den Affen mit einem Tritt in den Magen abschütteln.

»Jetzt hierher!«, schrie Bob. Peter rappelte sich auf und rannte den Berg hinauf. »Nur noch ein paar Meter und du hast es geschafft!« Der Affe war ihm schon wieder auf den Fersen.

»Schnell, gib uns deine Hand!«, rief Justus, und gemeinsam zogen sie den völlig erschöpften Peter auf den Baum.

»Ich bin erledigt ... vollkommen erledigt ... für mich ist die Geschichte hier zu Ende ...«, japste er, »aus, Schluss und vorbei!«

»Du hast es geschafft. Hier oben kann er uns nichts anhaben«, beruhigte Justus.

»Na ja«, sagte Bob, »es sei denn, Gumbo kann klettern. Und die meisten Affen können das normalerweise.«

Doch in dem Moment begann der Affe zu torkeln, verdrehte die Augen und fiel um.

»Ist er tot?«, erschrak Justus und sah den Kapitän an.

»Nein, nein«, sagte dieser. »Ich glaube, Gumbo schläft. Ich hör ihn schnarchen. Merkwürdig das Ganze ... sehr merkwürdige Geschichte ...«

Plötzlich fiel Justus der kleine Seehund ein.

»Jonas!«, schrie er. »Was ist mit Jonas?«

Piraten an Bord

Justus sprang mit einem Satz vom Baum.

»Pass auf!«, rief Peter ihm hinterher. »Was ist, wenn Gumbo wieder aufwacht?«

Aber Justus war schon am Haus und riss die Tür auf. Überall lagen kaputte Tassen und umgeworfene Stühle herum. »Jonas, wo bist du?«, rief er.

In der Kiste lag immer noch die Schlange des Kapitäns. Sie schien zu schlafen – oder verdaute sie gerade?

Doch in dem Moment kroch der kleine Seehund unter dem Küchenschrank hervor. Marmelade kleckerte ihm von oben aus einem umgekippten Glas auf den Kopf, und er klatschte in die Flossenhände.

»Da bist du ja«, rief Justus freudig und nahm ihn auf den Arm.

»Ich versteh das nicht«, murmelte der Kapitän, der jetzt mit den anderen das Zimmer betrat. »Ich habe den Affen von klein auf. Der ist absolut zahm.

Noch niemals hat er jemanden angegriffen. Ich versteh das nicht …«

»Beruhigen Sie sich«, sagte Justus. »Es gibt für alles eine Erklärung.«

Draußen ging langsam die Sonne unter, und die drei ??? beschlossen, erst einmal nach Hause zu fahren. Der alte Kapitän wollte sich um den kleinen Seehund kümmern, und am nächsten Morgen würden sie wieder vorbeikommen. Jonas hatte von nun an einen weichen Platz in Larsons Wäschekorb.

»Wenn irgendetwas mit Jonas sein sollte, können Sie uns ja anrufen«, sagte Justus noch. »Ich schreibe Ihnen die Telefonnummer von meiner Tante auf.«

Es war schon fast dunkel, als Justus die Tür öffnete.

»Da bist du ja endlich«, rief Tante Mathilda sofort. »Wir haben uns solche Sorgen gemacht! Onkel Titus wollte schon mit dem Wagen nach dir suchen.«

»Na, so schlimm war es nun auch nicht«, beruhigte Onkel Titus aus dem Wohnzimmer.

Justus versuchte, noch irgendwelche Ausreden zu erfinden. Er war aber viel zu müde dafür und verzog sich auf sein Zimmer. Mit einem lauten Gähnen fiel er ins Bett und zog die Decke über seinen Kopf. So lag er da, und vor seinen Augen sah er plötzlich lauter weiße Wellen, die sich im Wasser überschlugen. Es schien, als würde sein Bett zu schaukeln beginnen wie ein kleines Fischerboot. Er träumte von dem unendlichen Meer. Die Sonne brannte erbarmungslos auf ihn nieder, und er spürte einen quälenden Durst in seiner Kehle. Um seine kleine Nussschale herum schwammen hungrige Haie. Doch da! Dort hinten am Horizont war ein Segel. Nein! Mehrere Segel. Es war ein riesiges Segelschiff.

»Hilfe!«, schrie er. »Hilfe, rettet mich!« Und tatsächlich, das Schiff kam auf ihn zu. Er konnte es immer besser erkennen. Ein großer Dreimaster unter vollen Segeln. Plötzlich entdeckte er etwas, das ihm das Blut in den Adern gefrieren ließ: eine schwarze

Flagge mit einem Totenkopf! Oder war es ein Skorpion? Piraten! Und oben auf dem Deck stand Kapitän Larson mit einer Augenklappe im Gesicht.

»Da haben wir ja einen dicken Fang gemacht«, lachte er und zeigte auf einen riesigen Kochtopf. »Der hier ist auch schön fett. Nicht so mager wie die anderen beiden Burschen.« Die anderen beiden waren Peter und Bob, die schon in dem Topf zappelten.

»Hilf uns, Justus!«, schrien sie. »Das sind Kannibalen.«

Justus wälzte sich im Bett herum und träumte die ganze Nacht wilde Geschichten. Von Totenköpfen, Riesenkraken, Schlangen, die Seehunde fraßen, und von geheimen Schatzinseln.

Tränen unter Palmen

Justus war froh, als ihn Tante Mathilda am nächsten Morgen weckte.

»Wie spät ist es?«, fragte er erschrocken.

»Gleich neun und du musst erst einmal duschen, frühstücken und dann …« Den Rest hörte Justus nicht mehr, denn er rannte schon aus dem Zimmer.

Kurze Zeit später traf er sich mit Peter und Bob an der *Kaffeekanne*, und sie machten sich auf den Weg zum Zoo.

»Da seid ihr ja endlich!«, rief ihnen der Kapitän entgegen. »Ich mache mir große Sorgen.«

»Ist was mit unserem Heuler?«, erschrak Justus.

»Nein, nein. Dem geht es blendend. Gumbo macht mir Sorgen.«

»Mir macht er auch Sorgen«, murmelte Peter.

»Doktor Dreyfuß untersucht ihn gerade. Kommt mal mit!« Larson führte die drei ??? zu einer Felsenhöhle, vor die eine Käfigtür gebaut war. An der Tür hing ein großer Schlüssel.

»Eigentlich sollte Gumbo hier drin aufwachsen. Er war aber so zahm, dass ich ihn immer frei herumlaufen ließ. Also hab ich die Höhle als eine Art Rumpelkammer benutzt. Doch momentan ist er hier besser aufgehoben.«

Justus bemerkte an der Höhlendecke einen zweiten schmalen Ausgang nach oben. Für den Nasenaffen war dieses Loch allerdings zu eng.

Der Affe lag mitten im Käfig auf dem Rücken, und Doktor Dreyfuß beugte sich über ihn. »Ich kann mir die Sache nicht so ganz erklären«, sagte er. »Dem Affen geht es jetzt zwar besser, aber diese Anfälle gestern …«

»Hat Gumbo vielleicht Tollwut?«, fragte Justus erschrocken.

»Nein, Tollwut ist es mit Sicherheit nicht. Das passt nicht zu den gelben Flecken auf seiner Zunge. Aber es gibt dennoch Ähnlichkeiten. Diese Aggressionen, der Schaum vor dem Mund … Es gibt ein paar Pflanzenarten und Früchte, die so etwas hervorrufen. Aber hier in Kalifornien wachsen sie nicht.«

»Der bekommt nur Bananen und frisches Obst. Nur vom Feinsten«, rief der Kapitän dazwischen.

»Ich weiß«, sagte der Tierarzt. »Es kommen gleich zwei Helfer von mir vorbei. Die werden den Affen in meine Praxis transportieren. Dort kann ich ihn dann besser beobachten. Leider muss ich Ihnen sagen, Kapitän Larson, wenn wir nicht herausfinden, was ihm fehlt, kann er unmöglich in Ihren Zoo zurückkehren. Denken Sie nur an die Sicherheit der Besucher.«

»Und was würde das bedeuten?«, fragte Bob beunruhigt.

»Wir müssten einen anderen Platz für ihn finden. Das wird aber nicht ganz leicht sein. Wenn gar nichts mehr geht … ja, leider, dann muss er …« Doktor Dreyfuß sprach es nicht aus. »Doch wir hoffen das Beste. Ich sehe morgen früh wieder nach ihm. Auf Wiedersehen.«

Der alte Kapitän sackte neben dem Nasenaffen zusammen. Behutsam hob er seinen Kopf und versuchte, ihn zu füttern. »Was machst du nur für Sachen, alte Knollnase. Dabei kannst du keiner Fliege etwas zuleide tun ... Ich versteh das nicht.«

Die drei ??? ließen ihn jetzt lieber allein und beschlossen, nach dem Heuler zu sehen. Larson hatte vor seinem Haus eine alte Badewanne aufgestellt, und Jonas planschte vergnügt im Wasser.

»Na, wenigstens ihm geht es gut«, freute sich Bob.

»Mir tut der alte Larson richtig leid«, sagte Peter. »Der Zoo hier ist sein Leben. Aber ohne Tiere kommen keine Besucher. Und ohne Besucher gibt es keine Spenden. Wie soll er nur den Tierarzt bezahlen?«

Plötzlich hörten sie den Kapitän laut rufen: »Jungs, wo seid ihr? Kommt schnell her, ich brauche eure Hilfe!«

Sofort sprangen sie auf und rannten zum Kapitän. Schon von weitem sahen sie, was passiert war. Die Riesenschildkröte lag auf dem Rücken, und Larson versuchte, sie wieder aufzurichten.

»Helft mir. Einer muss vorsichtig ihren Kopf halten, wenn ich sie umdrehe!«, schrie er, und alle packten mit an. Mit vereinten Kräften gelang es schließlich, das Tier wieder auf die Beine zu stellen. »Ich brauche schnell einen Eimer kaltes Wasser!«, rief der Kapitän, und Peter lief sofort los. »Die Schildkröte lag die ganze Zeit auf dem Rücken in der Sonne. Sie lebt zwar noch, ist aber völlig überhitzt. Hätte ich sie nicht entdeckt, wäre sie mit Sicherheit gestorben.« Ihr langer Hals lag schlaff auf dem Boden.

»Hier ist das Wasser!«, rief Peter, und er beträufelte den Kopf der Schildkröte.

»Ich glaube, sie hat noch einmal Glück gehabt. Aber ich versteh das alles nicht«, wiederholte Larson ratlos. Aus seiner Tasche kramte er einen kleinen Erste-Hilfe-Koffer, den er stets bei sich trug.

Justus knetete nachdenklich seine Unterlippe. »Sagen Sie mal, kann sich eine Schildkröte von allein auf den Rücken legen?«, fragte er.

»Niemals«, antwortete der Kapitän. »Ihr habt doch gesehen, wie schwer sie ist. Das ist absolut unmöglich.«

Der raue Seebär saß völlig verzweifelt auf dem Boden. Sein Zoo hatte vier Attraktionen: den zahmen Nasenaffen Gumbo, die Riesenschildkröte, den sprechenden Beo und die Schlange.

»Wenn dem Beo oder meiner Schlange auch noch etwas zustößt, bin ich erledigt. Ohne die Tiere kommen keine Besucher. Ohne Besucher kann ich den Zoo nicht finanzieren.« Der alte Mann nahm seine Mütze ab und wischte sich mit einem Taschentuch das Gesicht. Für lange Zeit schwiegen alle.

Plötzlich stand Justus auf: »Ich glaube, das, was

hier passiert ist, waren keine Zufälle«, sagte er mit fester Stimme.

»Was?«, riefen Bob und Peter.

»Ich bin sogar sehr sicher. Es gibt viele Fragen in dieser Geschichte, aber zu jeder Frage gehört auch eine Antwort.«

»So ist es«, sagte Bob und stand auch auf. »Irgendetwas ist hier faul. Und was das ist, werden wir herauskriegen.«

Peter stellte sich neben seine beiden Freunde und sagte: »Vertrauen Sie uns. Fragezeichen sind unser Spezialgebiet.«

Schatzkarten und UFOs

Die drei ??? ließen den Kapitän bei seinem neuen Patienten und marschierten zurück durch das Dickicht.

»Just«, fragte Peter. »Wo willst du eigentlich hin?«

»Noch hab ich keine Ahnung. Aber ich wollte nicht vor Larson darüber reden. Wie gesagt, ich glaube nicht an Zufälle.« Mittlerweile standen sie wieder bei den Fahrrädern am Eingang. »Also, was ist alles passiert: Zuerst fischen wir Jonas von einer Holzplanke. Dann wird der Affe verrückt, und plötzlich liegt auch noch die Schildkröte auf dem Rücken.«

»Das passt aber alles nicht zusammen«, sagte Bob.

»Auf den ersten Blick nicht«, fuhr Justus fort.

»Möglich ist aber alles. Vielleicht ist die Schildkröte auch verrückt geworden. Tiere sollen dann ungeheure Kräfte entwickeln. Unter Umständen hat sie sich doch selbst umgedreht.«

»Und was sollte das mit unserem Jonas zu tun haben?«, fragte Peter ängstlich.

Justus wurde jetzt sehr nervös: »Nun ja, wir wissen nicht, wo Jonas herkommt. Doch kaum ist er im Zoo, werden zwei Tiere krank. Wie soll ich das sagen ... Vielleicht hat er eine ansteckende Krankheit? Das ist natürlich nur eine Theorie.«

»Aber warum ist dann mit Jonas alles okay?«, fragte Bob.

»Vielleicht ist er dagegen immun. Ihm macht es nichts aus, aber er steckt andere Tiere damit an.«

Diese Vorstellung machte allen Angst. Der kleine Heuler sollte eine Krankheit eingeschleppt haben? Und was wäre, wenn es stimmte? Was würde der Tierarzt mit ihm machen?

»Das sind mir zu viele Vielleichts und zu viele Fragezeichen«, sagte Peter plötzlich.

»Darum lasst uns nach einer Antwort suchen«, sagte Justus. »Unser Seehund kann zwar nicht sprechen, aber er hat etwas mitgebracht, das uns helfen könnte.«

»Die Schiffsplanke«, sagten Peter und Bob im Chor.

Kurz darauf standen die drei ??? wieder am Steilufer.

»Ich hoffe nur, dass die Flut sie nicht weggespült hat«, sagte Justus beim Hinunterklettern.

»Hat sie nicht. Ich sehe sie da unten.« Peter zeigte auf die Stelle.

Tatsächlich. Da lag sie noch genauso wie am Tag zuvor.

»Wir müssen sie Stück für Stück untersuchen«, rief Bob und pustete den Sand von der Planke. Sie war aus sehr schwerem Holz gearbeitet und anscheinend schon sehr alt.

»Es sieht aus wie ein Teil von einem Wrack«, sagte Peter. »Wir müssen die Algen und Seepocken abkratzen. Vielleicht erkennt man irgendetwas darunter.«

Über zwei Stunden lang versuchten sie, das Holzstück zu säubern. Sie kratzten mit kleinen harten Stöckchen die Seepocken ab und hatten am Ende das blanke Holz vor sich liegen.

»Hier sind lauter kleine Kerben. Wenn man von dieser Seite guckt, sieht es aus wie eine Landkarte«, meinte Bob.

»Und von hier sieht es aus wie ein Totenkopf. Vielleicht ist es eine Warnung«, sagte Peter und trat einen Schritt zurück.

»Es können aber auch unbekannte Schriftzeichen sein«, fand Justus.

Sie entwickelten immer neue Theorien. Mal waren es Zahnabdrücke von Haien und mal Brandspuren von UFOs.

»So kommen wir nicht weiter«, sagte Justus erschöpft und trat gegen die Holzplanke. »Wir sind genauso schlau wie vorher. Vielleicht ist das auch alles Quatsch mit der blöden Planke. Fahren wir nach Hause. Tante Mathilda schickt sonst wieder Suchmannschaften mit Hubschraubern los.«

Die drei ??? lachten etwas mühsam, und dann fuhr jeder frustriert heim.

Alarmstufe Rot!

Justus wollte gerade ins Bett gehen, als er hörte, wie unten das Telefon klingelte.

»Justus, ist für dich!«, rief Onkel Titus nach oben.

Justus rannte die Treppe hinunter und nahm den Hörer in die Hand. »Ja, hier ist Justus Jonas?«

»Justus, hier ist Erik Larson. Ihr müsst sofort kommen, es ist schon wieder etwas Schreckliches passiert. Ich weiß nicht mehr, was ich tun soll. Jetzt ist alles aus.« Der Kapitän schien mit den Nerven am Ende.

Gerade wollte Justus Genaueres erfragen, als Tante Mathilda auf ihn zukam: »Wer ruft denn so spät noch an?«, fragte sie.

Justus reagierte blitzschnell und antwortete: »Bob fragt, ob ich heute Nacht bei ihm schlafen darf. Dann können wir gleich morgen früh von da aus zum Strand.«

Tante Mathilda zupfte sich sorgenvoll am Ohr, war dann aber einverstanden: »Gut, dann fahr aber los, bevor es ganz dunkel wird.«

»Okay, ich bin gleich da«, rief Justus ins Telefon und legte auf.

Auf der anderen Seite hielt der verwirrte Kapitän immer noch den Hörer ans Ohr. »Hallo? Hallo? Justus, bist du noch dran? – Verrückte Jungs«, brummelte er in seinen Bart.

Justus rannte schnell wieder auf sein Zimmer und kramte unter seinem Bett. Zum Vorschein kam ein alter Suchscheinwerfer von Onkel Titus' Schrottplatz. Justus hatte ihn geschenkt bekommen, weil er seinem Onkel einen ganzen Tag beim Aufräumen geholfen hatte. Seitdem gehörte er zur Spezialausrüstung der drei ???. Er stellte den Scheinwerfer vorsichtig auf die Fensterbank. Mittlerweile war es fast dunkel, und als Justus den Scheinwerfer einschaltete, strahlte ein dünner, aber starker Lichtstreifen in den Himmel. Rocky Beach hatte einen Kirchturm, und oben auf dem Turm war eine goldene Kugel mit einem Kreuz. Genau auf diese Kugel fiel jetzt der Strahl. Für Peter und Bob war es ein geheimes Zeichen. Es bedeutete: Sofort treffen in der Kaffeekanne. Alarmstufe eins.

Jeder der drei Fragezeichen konnte von seinem jeweiligen Schlafzimmer aus die Kirchturmspitze sehen. Und es war abgemacht, dass man als Letztes jeden Abend noch einmal dort hinsehen sollte. Bei einem solchen Fall übernachtete Justus offiziell bei Bob, Bob bei Peter und Peter wiederum bei Justus. Zumindest wurde das den Eltern und Tante Mathilda erzählt. Auf diese Weise waren alle beruhigt, und die drei ??? konnten in Ruhe ihre Vorhaben ausführen. Justus nannte diese Erfindung: den Alibikreisel.

Als Letzter kam Bob zur Kaffeekanne. Er kletterte die Leiter hoch und steckte seinen Kopf durch die Luke. Drinnen saßen Peter und Justus auf alten Matratzen. In der Mitte baumelte eine Petroleumlampe und leuchtete den Raum aus.

»Was ist passiert?«, fragte Bob aufgeregt.

»Wir haben keine Ahnung«, antwortete Justus. »Aber es muss irgendetwas Schlimmes sein. Larson rief mich an.«

»Ist was mit dem Heuler?«, rief Bob erschrocken.

»Hoffentlich nicht«, sagte Justus. »Wir sollten aber für alle Fälle ein paar Sachen einpacken. Schnell, wir müssen uns beeilen!«

Die drei ??? hatten für solche Einsätze alles Nötige in ihrem Versteck gelagert. Peter packte drei große Taschenlampen und ein Fernglas in seinen Rucksack. Bob war für den Kleinkram zuständig, wie

Draht, eine Zange, Schnüre und Proviant. Dieser bestand übrigens aus einer angebrochenen Tüte Gummibären, Keksen und zwei Flaschen warmer Cola. Justus suchte nach dem Vergrößerungsglas, Schreibzeug, Fingerabdruckpulver und all dem, was ein Detektiv so braucht. »Los jetzt!«, rief er. »Der alte Larson wartet auf uns.«

Als sie aus ihrer Kaffeekanne herauskrabbelten, war es bereits dunkel. Weit weg im Westen verschwand das letzte tiefdunkle Rot der untergegangenen Sonne. Die Luft war noch sehr warm und roch nach Staub, trockenem Gras und nach Abenteuer.

Tiere in Gefahr

Wenig später standen die drei ??? vor dem großen Tor von ›Larsons Paradies‹. Aus dem Dickicht tönten die Geräusche der Nacht. Eine Eule zog langsam ihre Kreise auf der Suche nach Beute. Und vom Pazifik her vernahm man das gleichmäßige Rauschen der Brandung.

»Wir hätten Larson auch von zu Hause aus anrufen können«, meinte Peter ängstlich. Doch Justus und Bob öffneten schon das Tor.

»Peter, hol mal die Taschenlampen aus deinem Rucksack! Nachher treten wir noch auf eine Schlange«, sagte Bob.

Das brauchte man Peter nicht zweimal zu sagen. Sekunden später leuchtete er den Weg ab. Schritt für Schritt tasteten sie sich durch den Urwald. Der schmale Pfad schlängelte sich kurvenreich nach unten. Immer wieder musste Justus kleine Äste zur Seite knicken, damit sie keinem in die Augen schnellten. Plötzlich stolperte er über eine Wurzel am Boden, fiel nach vorn und rutschte einige Meter den Weg hinunter. Gerade wollte er wieder aufstehen, als eine kräftige Hand seinen Arm packte.

»Da seid ihr ja endlich«, tönte eine tiefe Stimme. Es war der Kapitän.

»Bin ich froh, dass Sie es sind«, stammelte Justus und rief den anderen beiden zu: »Alles in Ordnung bei mir! Ich bin hier unten mit dem Kapitän.«

»Wisst ihr, was passiert ist?«, begann Larson aufgeregt. »Jetzt hat es meinen Beo erwischt.«

»Ist er tot?«, fragte Bob entsetzt.

»Nein. Er ist einfach weg. Ich weiß nicht mehr, was ich tun soll. Kommt, ich erzähl euch alles in meiner Hütte.«

Kurz darauf saßen wieder alle an dem runden Tisch und tranken heißen Tee. Bob hatte diesmal eine andere Tasse.

»Also«, begann der Kapitän. »Zunächst: Eurem Heuler geht es blendend.« Justus seufzte erleichtert. »Aber als ich abends meinen Rundgang machte, war der Beo weg. Normalerweise rufe ich immer noch einmal in seine Richtung: ›Gute Nacht, du komischer Vogel!‹ Na ja, er ruft dann zurück: ›Gute Nacht, du Saftsack!‹ Diesmal aber nicht. Ich lauf schnell zum Käfig, und was soll ich sagen? – Weg. Einfach weg.«

»Wie, einfach weg?«, fragte Justus nach.

»Na, einfach weg eben. Die Käfigtür war zu, aber keine Spur vom Vogel. Dabei hängt ein dickes Schloss vor der Tür. Der Papagei kann sich doch nicht durch die Gitterstäbe verdrückt haben!« Der Kapitän war sichtlich erregt und goss den Rest Rum aus der Flasche in seinen Tee. »Das ist das Ende für ›Larsons Paradies‹«, sagte er leise. »Gumbo ist beim Tierarzt, der Schildkröte geht es auch noch nicht besser, und mein Beo löst sich in Luft auf.«

»Ich kann es nicht glauben«, schüttelte plötzlich Justus den Kopf. »Ich guck mir mal kurz den Käfig an und komm gleich wieder.« Er schnappte sich seinen Rucksack und verschwand durch die Tür.

»Jetzt ist auch alles egal«, fuhr der Kapitän fort. »Ohne Tiere keinen Zoo. Ohne Zoo keine Besucher.

Ohne Besucher kein Geld. Ich glaube, ich muss das alles hier doch dem Gerald Hauser verkaufen.«

»Wer ist Gerald Hauser?«, fragte Bob.

»Ach, irgend so ein Makler. Er wollte unbedingt mein Grundstück kaufen, damit hier ein Hotel gebaut werden kann. Seit Wochen bekomme ich diese Briefe von ihm. Seht mal, ich habe einen ganzen Stapel davon. Immer wieder neue Angebote mit immer höheren Geldsummen.« Larson warf die Briefe auf den Tisch.

»Merkwürdig«, überlegte Peter. »Auf jedem Brief ist dieser rote Skorpion als Firmenzeichen aufgedruckt. Passt gar nicht zu einem Makler.«

»Ich hab hier seine Telefonnummer für unterwegs«, erzählte der Kapitän weiter. »Er hat eins dieser komischen Telefone, mit denen man von überall und so ...«

»Handys!«, rief Bob dazwischen.

»Genau. Ich schätze, ich werde diese Nummer wählen und damit die Sache zu Ende bringen.«

Plötzlich hörten sie Justus aufgeregt rufen: »Kommt mal alle her! Ich muss euch etwas zeigen.«

»Beim Klabautermann noch mal«, rief der Kapitän. »Hoffentlich ist nicht schon wieder ein Tier verrückt oder futsch.«

Alle rannten zum Beokäfig und sahen Justus, der mit der Taschenlampe den Boden ableuchtete.

»Das müsst ihr euch unbedingt angucken. Auf der Rückseite ist ein Gitterstab weggebogen worden. Der Beo passte dort hindurch, und danach wurde der Stab wieder an die alte Stelle gebracht.«

»Das schafft mein Beo niemals«, murmelte der Kapitän.

»Der Beo war es auch nicht. Den Stab hat einer aufgesägt. Hier unten hab ich Eisenspäne gefunden.«

»Die kann man doch kaum sehen«, sagte Peter ungläubig.

»Das stimmt«, fuhr Justus fort. »Darum musste ich die Eisenspäne mit meinem Magneten aufspüren. Hier, guckt mal durch die Lupe, dann kann man sie erkennen.«

Larson, Bob und Peter waren beeindruckt. Wenigstens war jetzt sicher, dass der junge Seehund nichts mit den Vorkommnissen zu tun hatte. Die Geschichte mit der Schiffsplanke hatte sie nur auf eine falsche Fährte gebracht. Doch die andere Möglichkeit erschreckte sie noch mehr. Warum wollte jemand den Tieren im Zoo etwas antun? Und was hatte derjenige noch vor? War vielleicht Jonas, der Seehund, der Nächste? Sie beschlossen, den Heuler nicht mehr aus den Augen zu lassen und die Nacht über Wache zu halten.

Schreie in der Nacht

»Ich weiß nicht«, murmelte der Kapitän und kraulte sich den weißen Bart. »Ihr Jungs hier mitten in der Nacht auf dem Gelände ... ich weiß nicht.«

»Ich finde, der Kapitän hat recht«, befand Peter, der am liebsten wieder nach Hause gefahren wäre. Er wurde aber bald überstimmt und Justus erklärte seinen Plan: »Also, wir müssen verhindern, dass irgendjemand unbemerkt in den Zoo kommen kann. Der Kapitän bleibt für den Notfall im Haus am Telefon. Peter sichert den Weg zur Wasserseite, Bob versteckt sich am Ausgang, und ich werde mich gegenüber in die Büsche schlagen. Und zur Sicherheit halten wir drei Fadenkontakt.«

Fadenkontakt war einer der Tricks der drei ???. Jeder war über einen langen, dünnen Zwirnfaden mit den anderen verbunden. Bei Gefahr konnte man dadurch lautlos ein Zeichen geben, wenn man daran zog.

»Verstehe«, sagte Larson. »Wenn Peter zum Beispiel in Gefahr ist, zieht er den Faden zu Justus und den Faden zu Bob.«

»Und wie ich den ziehen werde!«, rief Peter dazwischen. »Dreimal kurz, dreimal lang, dreimal kurz.«

»Das bedeutet SOS«, sagte der Kapitän. »Nicht schlecht, Jungs. Ihr kennt euch mit Seezeichen und dem Morsealphabet aus, wie ich sehe. Ich werde euch noch ein paar warme Wolldecken holen.«

Die drei ??? machten sich daran, geeignete Verstecke zu finden und die Fäden abzurollen. Larson brachte jedem noch die Decke und eine heiße Tasse Tee.

»Okay, dann haltet die Augen offen. Denkt an unseren Heuler und schlaft nicht ein!«, schärfte Justus seinen Freunden ein, und jeder ging in sein Versteck. Justus hatte sich einen Platz unter einem umgestürzten Baum ausgesucht und breitete die Decke aus. Den Faden zu Bob knotete er an sein rechtes Handgelenk und den zu Peter an seinen linken Fuß.

Inzwischen war es stockdunkel in ›Larsons Paradies‹. Justus knipste seine Taschenlampe aus, und langsam gewöhnten sich seine Augen an die Finsternis.

Aus dem Urwald drangen unheimliche Geräusche und verhallten an den steilen Felswänden. Um ihn herum raschelte, krabbelte und knackte es, und leichte Nebelschwaden zogen vom Pazifik herauf.

Vielleicht war es doch keine so gute Idee, dachte Justus und kontrollierte noch einmal die Zwirnfäden.

Bob saß zur selben Zeit eingekauert zwischen zwei großen Bananenpalmen. Wenn jemand von oben durch den Eingang käme, musste er direkt an ihm vorbeigehen. Bob starrte ins Dickicht und rieb sich die Augen. Neben ihm wühlte eine Maus im fauligen Unterholz.

Na, dann Mahlzeit, dachte er und wollte einen Schluck Tee nehmen. In dem Moment hörte er ein leises ›Blubb‹, und mit zwei Fingern fischte er einen dicken Käfer aus seiner Tasse.

Peter hockte in einer Felsnische. Von da aus konnte er den ganzen Strand beobachten und auf der anderen Seite weit über das Gelände schauen.

Neben ihm lag ein langer Stock, für den Fall der Fälle. Die Decke hing ihm schützend über die Schultern. Die Schnüre hatte er an seine beiden Daumen geknotet.

Na, wenigstens kann ich von hier alles überblicken, dachte er gerade, als er hinter sich ein leises Brummen vernahm. Peter war starr vor Schreck. Plötzlich spürte er an seinem Rücken einen leichten Druck. Er wagte nicht zu atmen. Etwas glitt an ihm vorbei und bewegte sich langsam unter seine Decke. Wie in Zeitlupe tastete seine rechte Hand zur Taschenlampe. Die andere griff nach dem Stock. Dann fasste er seinen ganzen Mut zusammen, hob mit dem Stock vorsichtig die Decke hoch und hielt die Taschenlampe auf das Wesen. Er blickte in zwei weit aufgerissene grüne Augen und hörte den panischen Schrei einer kleinen Wildkatze.

Peter rutschte, zu Tode erschrocken, nach hinten, die Katze machte einen riesigen Satz nach vorn, die Teetasse fiel um und zersplitterte am Felsen.

Gott sei Dank, nur eine Katze, dachte er und wischte sich den Schweiß von der Stirn. In dem Moment wurde ein Faden stramm gezogen.

Peter gingen die Nerven durch. So laut er konnte, schrie er in die Nacht: »Alarm! Absoluter Alarm!«

Er zog und zerrte wie wild an den Fäden, bis sie rissen, und vergaß dabei jegliche Morsezeichen. Dann schnappte er seine Decke und rannte, ohne sich umzudrehen, in Richtung Larson.

Fast zeitgleich kamen alle drei ??? an der Hütte an. Jeder war kreideblass, und der Schrecken stand ihnen noch im Gesicht.

»Was ist passiert?«, schrie Justus.

»Keine Ahnung!«, rief Bob zurück. »Peter hat plötzlich am Faden gezerrt. Das hab ich dann an deinen weitergegeben.«

»Quatsch, du hast dran gerissen«, stotterte Peter an Bob gewandt.

»Und bei mir hat es dann an beiden Fäden gerüttelt. Was war das?«, keuchte Justus.

»Ich kann euch sagen, was das war«, hörten sie plötzlich Larsons Stimme. »Der kleine Freund hier hat sich in euren Fäden verheddert und die Panik ausgelöst.« Der Kapitän hielt ein ängstlich zusammengekauertes Tier in den Armen, das versuchte, sich von den Fäden zu befreien.

Peter erkannte die kleine Katze mit den grünen Augen wieder, behielt das aber für sich.

»Jungs«, schlug der Kapitän vor. »Ich glaube, für den Rest der Nacht legt ihr euch hier vorn auf die Veranda. Von hier hat man auch einen sehr guten Überblick.«

Alle drei waren sofort einverstanden.

Sonnenaufgang

Justus war der Erste, der erwachte. Er blinzelte müde in die aufgehende Sonne und dachte an die Schrecken der Nacht.

Vom Pazifik her wehte ein warmer Wind herüber. Leise schlich Justus in die Hütte, um nach dem Heuler zu sehen. Aus dem hinteren Zimmer hörte er den Kapitän laut schnarchen. Der kleine Seehund lag in seinem Wäschekorb und schlug vergnügt seine Flossen gegeneinander, als er Justus sah.

»Na, wenigstens hat einer gut geschlafen«, freute sich Justus und nahm den Heuler auf den Arm. Draußen waren schon Besucher im Zoo, und Justus spazierte mit Jonas herum. Wenn die schon keinen Nasenaffen, Beo oder die Schildkröte sehen, bekommen sie zumindest den Heuler zu Gesicht, dachte er.

Vor ihm schlenderte ein Mann und zog Futter aus einem Automaten.

»Sag mal«, rief er Justus zu. »Mein Sohn sagt, hier gäbe es den lustigsten Nasenaffen der Welt und einen Beo, der fünf Sprachen spricht.«

»Na ja, nicht ganz fünf Sprachen«, lachte Justus zurück. »Aber leider sind die zurzeit … äh … da schlafen die noch alle. Aber dieser Seehund hier – das wird die neue Attraktion in ›Larsons Paradies‹.«

»Der ist ja süß. Hat er schon einen Namen?«

»Ja, er heißt Jonas.«

»Wie Jonas, der Seefahrer«, grinste der Mann. »Schade, dass die anderen Tiere noch schlafen. Ich bin Lehrer und suche ein nettes Ziel für einen Klassenausflug.«

»Dann sind Sie hier genau richtig«, antwortete Justus schnell. »Wenn Sie kommen, sind unsere Attraktionen garantiert wieder aufgewacht. Und vergessen Sie dann nicht die Spendendose am Eingang.«

»Ja, ich weiß, der Zoo lebt von den Spenden. Vor-

hin hab ich schon Geld hineingeworfen. Und deinem kleinen Seehund spende ich diese Erdnüsse. Eigentlich wollte ich den Affen damit füttern, aber wer zu lange schläft, hat Pech gehabt.«

»Erdnüsse? Seehunde fressen doch keine Erdnüsse«, sagte Justus verwundert.

»Seehunde fressen alles. Darin sind sie dem Menschen sehr ähnlich. Glaub mir, ich unterrichte Biologie an der Universität in Rocky Beach. Aber jetzt muss ich los. War nett, dich und deinen kleinen Heuler kennenzulernen.«

Justus überlegte, ob er dem Seehund die Erdnüsse geben sollte. »Ich weiß nicht«, murmelte er.

»Erstens kann ich das nicht glauben, und zweitens hab ich Hunger.« Im Nu war eine Hand voll Erdnüsse in seinem Mund verschwunden, der Rest wanderte in seine Hosentasche.

Larson hatte in seiner Hütte schon ein kleines Frühstück vorbereitet, und todmüde trotteten die drei ??? mit ihren Wolldecken in die gute Stube. Bald danach fuhren sie nach Hause, um sich richtig auszuschlafen.

Dschungelfieber

Onkel Titus wühlte mal wieder auf seinem Schrottplatz herum, und Tante Mathilda war einkaufen. Sehr gut, dachte Justus. Dann stellt sie wenigstens keine dummen Fragen.

Er ging auf sein Zimmer, schmiss seine Klamotten in die Ecke und warf sich mit Schwung in sein Bett. Sekunden später war er eingeschlafen. Diesmal träumte er, dass er im Dschungel von wilden Affen gejagt wurde. Moskitos saugten ihm sein Blut aus, und die Hitze war unerträglich. Es wurde immer heißer und heißer, und er wälzte sich in seinem Bett, bis er plötzlich auf dem Fußboden landete.

»Justus, wie siehst du denn aus?«, hörte er Tante Mathildas Stimme wie durch eine Nebelwand. »Du hast ja einen ganz roten Kopf, und deine Wangen glühen! Du bleibst im Bett, ich ruf sofort Doktor Simpson an.«

Simpson war Justus' Kinderarzt und wurde beim kleinsten Verdacht einer Krankheit angerufen.

»Ja, kommen Sie sofort!«, hörte Justus Tante Mathilda unten am Telefon. »Es ist dringend. Der Junge hat mindestens 60 Grad Fieber. Der stirbt mir noch. Beeilen Sie sich!«

Natürlich übertrieb sie wieder gnadenlos, aber Justus ging es wirklich nicht besonders. Ihm wurde abwechselnd heiß und kalt, und er litt unter Übelkeit.

Kurze Zeit später kam der Arzt und steckte ihm ein Fieberthermometer in den Mund. Doktor Simpson kannte jeder in Rocky Beach. Kein Mensch wusste, wie alt er war, und wahrscheinlich hatte er schon Onkel Titus als Kind behandelt.

»Merkwürdig«, brummte der Doktor. »Merkwürdig, merkwürdig, merkwürdig.«

»Was ist mit dem Jungen?«, rief Tante Mathilda sorgenvoll und wickelte Justus einen Schal um den Hals.

»Keine Angst«, beruhigte sie Doktor Simpson. »Er hat so was wie eine kleine Magen-Darm-Grippe. Das geht schnell wieder weg. Nur diese gelben Flecken auf seiner Zunge ... sehr merkwürdig.«

»Was für gelbe Flecken?«, stöhnte Tante Mathilda. »Justus, mach mal den Mund auf. – Tatsächlich. Doktor Simpson, woher kommt das?«

»Tja, man kann noch nicht viel dazu sagen«, begann er. »Das kann alles Mögliche sein. Was hast du heute alles gegessen, Justus?«

»Ich hab nur gefrühstückt, heute Morgen beim

Kapit…« Justus biss sich auf die Lippen. »Bei Bob Andrews. Zwei Toast, Butter, Honig und so …«

»Daran kann es nicht gelegen haben«, grübelte der Doktor. »Merkwürdig. Mir hat ein befreundeter Arzt gestern eine ähnliche Geschichte erzählt. Einer seiner Patienten hatte auch solche gelben Flecken auf der Zunge.«

»Wer war denn der arme Kerl?«, fragte Tante Mathilda.

»Das ist ja das Merkwürdige. Der Patient war ein Affe. Mein Kollege ist Tierarzt.«

Plötzlich durchzuckte es Justus. Ohne Unterlass knetete er seine Unterlippe und fragte dann entschlossen den Doktor: »Heißt Ihr Kollege zufällig Dreyfuß?«

»Woher weißt du das?«, wollte Doktor Simpson wissen.

»Ja, woher weißt du das?«, fragte jetzt auch Tante Mathilda.

Justus erfand eine Ausrede: »Bobs Eltern sprachen gestern Abend über ihn.«

»Ich mach dir erst mal einen Wadenwickel«, sagte Tante Mathilda und verschwand durch die Tür.

Justus war jetzt hellwach und sehr nervös. In seinem Kopf knisterte es vor Anspannung. Dann suchte er seine Hose, kramte in der Tasche und holte ein paar von den Erdnüssen heraus. »Doktor Simpson, mir fällt ein, diese Nüsse hab ich heute Morgen noch gegessen.«

»Zeig mal her«, sagte der Arzt. Er betrachtete die Nüsse eine Weile und meinte dann erfreut: »Da haben wir ja die Übeltäter. Die sehen auf den ersten Blick aus wie normale Erdnüsse, schmecken auch so, sind es aber nicht. Wo hast du die her?«

»Die hab ... die hab ich ... gefunden hab ich die«, stammelte Justus. Etwas Besseres fiel ihm nicht ein.

Doktor Simpson interessierte es zum Glück nicht: »Das sind Perlnüsse. Sie sehen Erdnüssen täuschend ähnlich. Bei uns wachsen die eigentlich nicht, deshalb hab ich gefragt. Beim Menschen verursachen sie Magenreizungen und erhöhte Temperatur. Die gelben Flecken auf deiner Zunge sind eine allergische Reaktion. Sei froh, dass du kein Tier bist, so wie der Affe meines Kollegen Dreyfuß. Perlnüsse enthalten ein Gift, das Tiere unkontrolliert macht. Ähnlich wie bei Tollwut.«

»Meinen Sie, der Affe hat auch diese Nüsse gefressen?«, fragte Justus.

»Möglich ist alles«, antwortete Doktor Simpson. »Wenn diese Nüsse jetzt schon auf der Straße herumliegen ... Ich werde meinen Kollegen diesbezüglich anrufen. Du bleibst bis morgen im Bett. Gott sei Dank sind Perlnüsse für den Menschen nicht lebensbedrohend. Morgen komm ich wieder.« Mit diesen Worten ging Doktor Simpson aus dem Zimmer.

In der Tür stieß er fast mit Peter und Bob zusammen, die gerade die Treppe hochgelaufen kamen.

»Nur eine halbe Stunde, hört ihr? Der Junge muss viel schlafen«, rief Tante Mathilda von unten.

»Wir dachten schon, du liegst in einer Holzkiste«, lachte Bob und setzte sich auf die Bettkante.

»Schnell, Peter, mach die Tür zu!«, flüsterte Justus. »Ich hab euch was zu erzählen.«

Verdacht

»Mach es nicht so spannend!«, drängte Peter und setzte sich auf die andere Seite des Bettes.

»Also, hört mir jetzt gut zu!«, begann Justus. »Um es vorwegzunehmen: Der Nasenaffe und ich sind mit Perlnüssen vergiftet worden. Und ich weiß, wer es war.« Peter und Bob guckten ihn mit offenem Mund an.

»Deine Tante hatte recht, Just. Du fantasierst«, sagte Bob.

»Quatsch, mir geht es schon viel besser.« Und dann erzählte Justus den beiden, was er herausbekommen hatte. Die Sache mit den gelben Flecken, Doktor Dreyfuß, mit den Perlnüssen und mit dem Mann im Zoo.

»So ein Fiesling!«, rief Bob aufgebracht. »Der hat erst Gumbo die Nüsse gegeben und dann dir.«

»Genau. Aber eigentlich sollte ich die unserem Seehund geben«, sprach Justus weiter. »Der Anschlag galt unserem Heuler. Ich hätte gleich Verdacht schöpfen sollen. Er sagte nämlich, dass er in Rocky Beach an der Universität Bio unterrichtet.«

»In Rocky Beach gibt es gar keine Universität«, rief Peter dazwischen.

»Das fiel mir leider zu spät ein«, sagte Justus.

»Da hat unser Heuler ja noch mal Glück gehabt. Wenn Just nicht so verfressen wäre und die Nüsse selbst aufgemampft hätte ... Wir müssen die Polizei verständigen!«

Justus widersprach Peter: »Was sollen wir der Polizei denn sagen? Die Geschichte glauben die uns niemals. Wir haben ja nicht einmal ein Motiv.«

»Na ja, mir fällt da etwas ein«, überlegte Peter. »Als du draußen den Beo-Käfig untersucht hast, erzählte der Kapitän Bob und mir etwas von einem Hauser oder so. Der will unbedingt den Zoo kaufen und ein Hotel auf dem Gelände bauen lassen. Larson war schon so fertig wegen seiner kranken Tiere, dass er fast verkaufen wollte. Er hat uns sogar alle Briefe von dem Typen gezeigt. Ich weiß noch genau, wie das Firmenzeichen aussah. Das war so ein roter Skorpion.«

»Ein roter Skorpion auf gelbem Untergrund?«, rief Justus dazwischen.

»Woher weißt du das?«, fragte Peter verwundert.

»Ich habe so einen Skorpion auf einem Auto gesehen. Und zwar auf einer schwarzen Limousine vor ›Larsons Paradies‹.«

»Genau so ein Wagen hat uns doch fast von der Straße gefegt. Wisst ihr noch?«, sagte Bob aufgeregt.

Alle drei redeten jetzt wild durcheinander und waren sicher, dass ihre Theorie stimmte. Es musste nur noch bewiesen werden, dass der Mann mit den Perlnüssen identisch mit Gerald Hauser war.

Justus fasste noch mal zusammen: »Wenn Hauser gleichzeitig der Mann mit den Nüssen ist, dann hat er wahrscheinlich auch den Beo geklaut.«

»Und vergesst die Schildkröte nicht. Er hat sie einfach auf den Rücken in die Sonne gelegt«, ergänzte Bob.

»Es passt alles zusammen«, fuhr Justus fort. »Sein Plan ist also, alle wichtigen Tiere des Zoos auszuschalten, damit der Kapitän pleitegeht und er verkaufen muss. Schachmatt. Aber jetzt denkt mal nach! Zwei Tiere gibt es noch, die das Publikum anlocken könnten. An die Schlange traut sich so leicht keiner heran. Also bleibt eigentlich nur ein Tier übrig.«

»Unser Heuler!«, riefen Peter und Bob gleichzeitig.

Die drei ??? mussten handeln. Sie mussten unbe-

dingt den Kapitän warnen und den Heuler in Sicherheit bringen.

»Wir haben keine andere Wahl«, rief Justus. »Auch wenn Tante Mathilda ausflippt, wir hauen durchs Fenster ab, sonst sieht sie uns.« Peter war der Erste, der hinauskletterte. Dann kam Bob und danach Justus. Unter dem Fenster lag ein kleiner Schuppen für Onkel Titus' Lieblingsschrott. Auf den konnte man bequem steigen und von da herunterspringen.

»Jetzt nichts wie weg!«, rief Justus.

Der rote Skorpion

So schnell sie konnten, rasten die drei ??? über den Asphalt. Justus hatte Angst, sein altes Fahrrad könnte zusammenbrechen. Kurze Zeit später standen sie bei Kapitän Larson vor der Tür. Jonas, der Heuler, klatschte in die Flossen, als er sie wieder sah. Dann erzählten sie dem Kapitän die ganze Geschichte.

»Also nee«, sagte der kopfschüttelnd. »Also nee, ich kann's nicht glauben. Wer macht denn so was?«

»Das werden wir jetzt herausbekommen. Ich hab auf der Hinfahrt einen Plan entwickelt. Hauser hat doch seine Handy-Nummer auf den Briefen angegeben. Wir müssen nur so lange warten, bis der Typ mit den Nüssen wiederkommt. Der Kapitän ruft dann die Nummer an, und wenn es bei ihm klingelt, und er geht an sein Handy – dann ist er entlarvt.«

Der Plan war genial, fanden alle. Nur Bob hatte Zweifel: »Was ist, wenn der Fremde mit den Nüssen hier gar nicht mehr auftaucht? Wir können nicht ewig im Zoo auf der Lauer liegen.«

Justus kratzte sich am Kopf, sagte aber dann zuversichtlich: »Ich bin sicher, dass er kommt. Ich hab so ein Gefühl ...«

Und Justus hatte das richtige Gefühl. Denn in dem Moment schlenderte der Mann am Häuschen vorbei.

»Das ist er!«, rief Justus. »Das ist der Mann, der mir heute Morgen die Nüsse gegeben hat.«

»Der kann jetzt was erleben«, schimpfte Larson und griff nach einer Harpune an der Wand.

»Nein«, rief Justus dazwischen. »Wir brauchen erst noch einen Beweis. Sie müssen ihn anrufen. Und wenn er es tatsächlich ist, müssen Sie ihm Folgendes erzählen: Sagen Sie ihm, dass Sie den Zoo nicht verkaufen wollen, weil Sie ja jetzt den Heuler haben. Es kommen nun wieder ganz viele Besucher und so weiter. Dann erzählen Sie ihm, wie gut es dem Seehund im alten Affenkäfig geht. Das ist wichtig. Der Heuler ist jetzt im alten Affenkäfig!«

»Ist er doch gar nicht«, rief der Kapitän.

»Nein, stimmt. Sie sollen es ihm ja auch nur sagen. So, und jetzt rufen Sie ihn schnell an!«

»Hier ist die Nummer«, rief Peter und hatte die Briefe schon in der Hand.

»Ich weiß nicht, beim Klabautermann noch mal. Ob das gut geht?«

»Nun rufen Sie ihn schon an«, rief Justus drängend, und der Kapitän wählte die Handy-Nummer.

»Okay, ich habe ein Klingelzeichen«, flüsterte er, und alle starrten aus dem Fenster. »Verdammt, entweder er hört es nicht, oder wir haben uns geirrt.«

»Da! Er greift in seine Jackentasche!«, rief Peter aufgeregt.

Und tatsächlich. Der Mann nahm das Telefon ans Ohr, und der Kapitän hörte Gerald Hausers Stimme: »Ja, hier Gerald Hauser?«

»Guten Tag. Hier ist Erik Larson. Ich bin der vom kleinen Zoo.«

»Ah, Larson. Was ist, haben Sie es sich überlegt?«, fragte Hauser.

»Ja, hab ich. Ich werde nicht verkaufen. Ich hab jetzt diesen süßen Heuler, und die Leute sind ganz verrückt nach dem Kleinen. Zweimal am Tag muss ich meine Spendendose ausleeren. Und der Seehund fühlt sich hier sehr wohl in dem alten Affenkäfig. Ja, ja, da ist er jetzt, in dem alten Affenkäfig, da quietscht er den ganzen Tag vergnügt herum. Auf Wiederhören.« Larson legte auf.

»Super haben Sie das gemacht«, flüsterte Bob.

Hauser steckte sein Handy wieder in die Tasche, ballte wütend die Fäuste und rannte zum Ausgang.

»Kommt, wir müssen sehen, was er vorhat!«, rief Justus.

Die drei ??? schlichen aus der Hütte und verfolgten Hauser in sicherem Abstand. Nach ein paar Minuten sahen sie, wie er auf dem Parkplatz in ein Auto stieg.

»Die schwarze Limousine mit dem roten Skorpion«, flüsterte Peter. Hauser holte wieder sein Handy aus der Tasche und begann zu telefonieren.

»Mit wem redet er wohl?«, fragte Bob. »Und wie geht's jetzt weiter?«

»Ich bin sicher, dass er mit seinen Auftraggebern oder mit seinem Boss spricht. Und ich kann mir auch denken, was er als Nächstes tun wird«, flüsterte Justus.

»Er wird gleich zum Affenkäfig kommen und dann unseren Heuler ...« Die letzten Worte sprach Bob nicht aus.

»Genau«, antwortete Justus. »Kommt, wir müssen vorbereitet sein. Ich erzähle euch meinen Plan auf dem Weg.«

Panik

Die drei ??? rannten aufgeregt zum alten Affenkäfig, und währenddessen stellte Justus atemlos seinen Plan vor: »Also: Als Erstes müssen wir Hauser in den Käfig locken, und wenn er drin ist, schlagen wir von außen das Gitter zu, und Hauser ist gefangen.«

»Das ist ja ein toller Plan!«, rief Peter zurück. »Warum sollte er da reingehen, wenn er keinen Seehund sieht?«

»Das ist deine Aufgabe, Peter«, fuhr Justus hektisch fort. »Du versteckst dich in einer der Kisten und quiekst wie ein Heuler.«

»Bist du bescheuert, Just? Ich spiele doch nicht den Lockvogel, und Hauser geht mir ans Leder!«

»Dir kann nichts passieren«, beruhigte Justus ihn. »Wenn Hauser drin ist, geben wir dir mit einem

Zwirnfaden ein Zeichen, und du kannst oben durch das Loch in der Felsenhöhle abhauen. Das Loch ist zu klein für Hauser, für dich ist es genau richtig.«

»Das ist ein guter Plan«, keuchte Bob.

»Ich bin nicht unbedingt ein Fan von Justus' Fadentricks«, schnaufte Peter zurück.

Sie erreichten den alten Affenkäfig. Kapitän Larson kam mit seiner Schlange um den Hals auf sie zugelaufen. »Was habt ihr jetzt vor, Jungs?«, fragte er aufgeregt. Die drei ??? erzählten ihm den Plan.

»Ich weiß nicht, ich weiß nicht«, murmelte er, doch Justus rollte schon einen Faden ab und legte ihn in den Affenkäfig. »Hier, Peter, in dieser Kiste kannst du dich verstecken. Den Faden nimmst du in die Hand, und auf unser Zeichen rennst du zum Loch in der Decke.«

»Ich komme da von allein nicht hoch«, sagte Peter ängstlich. Bob schob schnell eine zweite Kiste als Tritt unter das Loch. »Da kannst du raufsteigen, und weg bist du.«

»Warum muss gerade ich das machen?«, wollte

Peter noch fragen, aber dazu kam er nicht mehr. Justus, Bob und der Kapitän rannten bereits aus der Höhle und versteckten sich im Dickicht. Peter kauerte sich in die Kiste und begann, zu quieken und zu heulen wie ein Seehund. In der Hand hielt er fest den Zwirnfaden. Das andere Ende hielt Justus.

Minuten vergingen, Peter quiekte, doch nichts geschah. Die Spannung war unerträglich. Plötzlich hörte man schwere Schritte. Es war Hauser. Langsam ging er auf den alten Käfig zu und vernahm das Quieken und Heulen von Peter. Zunächst schien er etwas verwundert, aber dann öffnete er geräuschlos die Käfigtür. Doch plötzlich drehte er sich um und verschwand in Richtung Larsons Hütte.

»Der hat den Braten gerochen«, flüsterte Bob.

»Jetzt geht er zum richtigen Heuler.« Justus lief der Schweiß von der Stirn, doch in dem Moment kam Hauser zurück.

»Verdammt«, zischte der Kapitän. »Er hat einen alten Schaufelstiel in der Hand. Hätte ich den bloß nicht liegen gelassen.«

Jetzt war es zu spät. Hauser schlich in die Höhle und näherte sich Schritt für Schritt lautlos der Kiste. Justus nahm fest den Faden in die Hand.

»Jetzt, Just! Zieh!«, keuchte Bob, und Justus zog.

Doch nichts geschah. Die Schnur hatte sich im Scharnier der Käfigtür eingeklemmt. Justus zog

nochmals und dann wieder und wieder, und plötzlich riss die Schnur.

Peter ahnte nichts von der Gefahr und heulte und quiekte. Jetzt stand Hauser direkt vor der Kiste, aber Peter konnte ihn nicht sehen. Grimmig nahm Hauser den Schaufelstiel in beide Hände und holte aus.

Schlangenzauber

Es musste etwas passieren. Irgendetwas musste passieren. Bob und Justus waren starr vor Angst. Plötzlich sprang Bob auf, und mit einem wilden Schrei rannte er auf den Käfig zu. Ohne nachzudenken, sprang auch Justus auf, und gemeinsam schlugen sie mit einem Krachen die Käfigtür ins Schloss.

»Jetzt lauf, Peter!«, schrien beide so laut, wie sie konnten. »Lauf, Peter, hau ab!«

Hauser wirbelte herum und rannte auf die Tür zu. In dem Moment sprang Peter unbemerkt, aber voller Entsetzen aus der Kiste und stürzte zum Loch.

»Was ist hier los?«, schrie Hauser und rüttelte an den Gitterstäben.

Justus hatte es gerade geschafft, den großen

Schlüssel umzudrehen und ins Gras zu werfen. »Wir haben Sie entlarvt, Hauser!«, schrie er zurück. »Sie haben dem Affen die Perlnüsse gegeben. Sie haben die Schildkröte auf den Rücken gedreht, und Sie haben den Beo entführt.«

»Ihr kleinen Mistkerle«, fauchte Hauser. »Ja, ich war es. Und ich weiß nicht, warum der Heuler nicht auch krank wurde, aber das wollte ich gerade ändern.« Und er fuchtelte wild mit dem Schaufelstiel. »Früher oder später hätte der bescheuerte Larson so oder so verkaufen müssen. Der hat doch eine

Macke. Ich hab die Sache nur ein wenig beschleunigt. In einem Jahr steht hier ein Hotel. So, und nun macht die Tür auf, sonst werde ich …«

»Was werden Sie sonst?«, rief Justus zurück.

»Sonst wird die Brillenschlange hier das alles sehr bereuen!« Er streckte blitzschnell seinen langen Arm durch die Gitterstäbe und packte Bob am T-Shirt. »Was ist jetzt?«, schrie er. »Oder muss ich noch deutlicher werden.«

Plötzlich hörte man ein lautes Poltern aus der Höhle. Peter hatte die ganze Zeit versucht, auf der wackeligen Kiste die Öffnung an der Decke zu erreichen, und war mit einem Mal umgekippt. Nun lag er hilflos am Boden.

»Was ist los!«, krächzte Hauser und ließ den zappelnden Bob fallen. »Ach, sieh mal an, da haben wir noch einen. Das wird ja immer besser. Du hast also Seehund gespielt. Ein schlauer Plan. Ihr wolltet wohl den alten Hauser hereinlegen. Aber leider nicht schlau genug. Ihr werdet jetzt ganz artig die Tür wieder aufschließen, sonst … na, ihr könnt euch schon denken, was mit dem Seehund-imitator passieren wird.« Er sprach nun gefährlich ruhig und zeigte den Schaufelstiel.

Die Situation wurde brenzlig. Bob klammerte sich völlig verstört an den Gitterstäben fest. Justus kaute ratlos an seinen Fingernägeln, Peter erwartete kreideweiß das Ende der Geschichte.

Plötzlich blickte er in zwei kleine Augen, und eine lange Zunge zischelte vor seinem Gesicht. Die Schlange des Kapitäns! In der ganzen Aufregung war Larson oben auf die Felshöhle gekrabbelt und ließ nun seine Schlange herunterbaumeln. »Los, greif die Schlange!«, rief er atemlos von oben. »Ich zieh dich hoch!«

Von hinten hörte Peter, wie Hauser mit schnellen Schritten auf ihn zukam. Ihm blieb keine Zeit mehr. Vor seiner Nase ringelte sich die Schlange. Sie schien ihn anzugrinsen.

»Nun mach schon, Peter!«, schrien jetzt auch Justus und Bob. »Greif die Schlange!«

Peter wusste nicht, was schlimmer war. Es war

die schrecklichste Entscheidung seines Lebens. Doch plötzlich packte er entschlossen das Reptil und wurde in allerletzter Sekunde mit einem Ruck nach oben gezogen. Hauser brüllte vor Wut wie ein gefangener Affe.

Applaus für Jonas

Kurz darauf saßen alle überglücklich auf der Veranda beim Kapitän. Immer und immer wieder erzählten sie sich die Geschichte bis ins letzte Detail.

»Das war unglaublich!«, sagte Peter. »Ich dachte immer, Schlangen seien feucht und glibberig. Genau das Gegenteil war der Fall. Sie fühlte sich warm und weich wie Leder an. Aber einmal reicht mir trotzdem«, lachte er.

»Ich hab bei der Polizei angerufen«, sagte Kapitän Larson. »In ein paar Minuten kommt Kommissar Reynolds, um Hauser abzuholen.«

»Wir können ihn ja vorher noch mal füttern«, grinste Bob, und alle lachten.

»Kapitän«, unterbrach Justus die gelöste Stimmung. »Können Sie uns einen Gefallen tun?«

»Jeden der Welt«, antwortete Larson. »Ich bin euch allerhand schuldig.«

»Bitte erzählen Sie der Polizei nichts von uns. Ich glaube, Tante Mathilda würde einen großen Schreck bekommen. Ich muss ihr eh schon einiges erklären, wenn ich nach Hause komme.«

»Bei uns ist das nicht anders«, riefen Bob und Peter dazwischen.

»Na klar, Jungs. Ist doch Ehrensache.«

Kurz darauf traf Kommissar Reynolds ein und legte Hauser Handschellen an. Justus nahm glücklich den kleinen Heuler auf den Arm, und langsam gingen alle in Richtung Parkplatz. Reynolds nahm seine dunkle Sonnenbrille ab und sah Hauser scharf ins Gesicht. »Na, da haben wir ja einen schönen Fang gemacht. Es sollte mich nicht wundern, wenn wir über Sie eine dicke Akte auf dem Revier haben. Aber eine Weile werden Sie auch so hinter Gittern verbringen müssen. Allein schon wegen Tierquälerei.«

»Mir wollte er mit einem Schaufelstiel zu Leibe

rücken!«, rief der Kapitän dazwischen und zwinkerte den drei ??? zu.

»Das auch noch«, sagte Reynolds. »Dann wird es aber langsam Zeit, dass der Bursche hier aus der Sonne kommt.« Hauser wollte gerade etwas sagen, da steckte ihn der Kommissar schon mit dem Kopf voran in seinen Polizeiwagen.

»Also, Kapitän«, sagte Reynolds anerkennend. »Wie Sie den zur Strecke gebracht haben ... Hochachtung! Jungs, da könnt ihr euch ein Beispiel dran nehmen.«

Larson blickte nach unten und wurde rot unter seinem weißen Vollbart.

Es stellte sich heraus, dass Hauser den Beo in einem Hotelzimmer versteckt gehalten hatte. Bald war der Papagei wieder im Zoo, und auch die anderen Tiere erholten sich schnell.

»Jungs«, sagte der Kapitän. »Ich weiß gar nicht, wie ich euch danken soll. Ohne euch ... fast wäre ›Larsons Paradies‹ am Ende gewesen ... ich mag nicht dran denken.«

»Danken Sie nicht uns. Danken Sie dem Heuler!«, antwortete Justus. »Ohne ihn wären wir niemals hierhergekommen. Das Geheimnis seiner Herkunft werden wir wohl nie erfahren, aber die Geschichte wäre ohne ihn ganz anders ausgegangen.«

Das schien auch Jonas zu verstehen. Er streckte stolz seinen Kopf nach oben, quietschte vergnügt und klatschte in seine kleinen Flossenhände.

Radio Rocky Beach

Erzählt von Ulf Blanck

Mit Illustrationen von Marco Armbruster

KOSMOS

Die drei ??? *Kids*
Radio Rocky Beach

Hektik bei Titus

Endlich war es Freitag. Das Wochenende stand vor der Tür, und Justus Jonas lag zufrieden auf seinem Bett und las in einem Kriminalroman. Den ganzen Nachmittag war es still im Haus gewesen, doch plötzlich hörte er von unten lautes Gepolter. Er wusste sofort, was los war, und legte das Buch beiseite. Vorsichtig öffnete er die Tür und ging zur Treppe. Sein Zimmer lag im Dachgeschoss, und vom Flur aus konnte er nach unten in die Diele gucken. In diesem Moment sprang die Wohnzimmertür auf, und Tante Mathilda stürmte heraus.

»Diesmal kommen wir zu spät!«, rief sie atemlos. »In einer halben Stunde beginnt die Vorstellung, und wir stehen hier noch rum.«

Hinter ihr trottete Onkel Titus und versuchte mühsam, eine Fliege umzubinden. »Wenn ich nicht diesen Propeller knoten müsste, wären wir schon längst im Auto«, murmelte er vor sich hin.

Justus saß auf der Treppe und beobachtete die beiden.

Jedes Mal das Gleiche, dachte er und musste grinsen. Alle zwei Monate war es so weit: Tante

Mathilda und Onkel Titus gingen ins Theater. Justus war froh darüber, denn an diesen Tagen hatte er das Haus ganz für sich allein.

»Hast du die Autoschlüssel?«, fragte Tante Mathilda aufgeregt und zupfte an Onkel Titus' Fliege herum.

»Zieh das Ding nicht so stramm!«, keuchte er.

»Hast du sie nun, oder hast du sie nicht?«

»Die liegen bei den Theaterkarten, Mathilda.«

»Und wo sind die, bitte schön?«

»Weiß ich nicht. Du musst sie haben.«

Gerade wollte Tante Mathilda sich richtig aufregen, als Justus dazwischenging. »Die Schlüssel und die Karten liegen wie immer in Onkel Titus' Hut«, lachte er. Tante Mathilda hatte die Angewohnheit, alles Wichtige in den Hut zu legen, doch leider vergaß sie es in der Hektik jedes Mal.

»Sag jetzt nichts, Titus!«, mahnte sie und stopfte beides in ihre Handtasche. »Und du, Justus, bist spätestens um halb zehn im Bett und putz dir danach die Zähne!«

»Kann ich es auch umgekehrt machen?«, fragte Justus unschuldig, und Onkel Titus grinste ihn an.

Jetzt musste auch Tante Mathilda lachen. »Ja, ja, macht euch nur lustig über mich. Ich glaube, ich werde alt.« Sie gab ihm einen Kuss auf die Stirn und verließ mit Onkel Titus das Haus.

»Puh, endlich geschafft«, atmete Justus auf und schlenderte zur Küche. Im Kühlschrank fand er versteckt hinter den Marmeladengläsern noch eine kalte Cola. Durchs Fenster konnte er hören, wie Onkel Titus seinen alten Transporter startete und über den Kiesweg rollte.

Erwachsene sind komisch, dachte er und lief schnell wieder auf sein Zimmer. Mittlerweile war es kurz vor acht, und Justus schmiss sich fröhlich in seinen Sessel. Er ließ die Beine über die Lehne baumeln, auf dem Bauch eine Packung Chips. Dann beugte er sich zufrieden nach vorn, streckte seinen Arm aus und schaltete den Apparat ein. – Nein, nicht den Fernseher. Justus hörte Radio!

Tantenalarm

Das Radio war ein alter Röhrenempfänger von Onkel Titus' Schrottplatz. Zwei Tage hatte Justus mit seinem Onkel damals an dem Kasten herumgebastelt, bis er wieder Töne von sich gab. Nur das Knistern und Rauschen aus dem Lautsprecher ließ sich nie ganz abstellen. Justus schien das aber nichts auszumachen, und er blickte gespannt auf seine Armbanduhr.

Um genau acht Uhr verstummte das Rauschen, und eine tiefe Männerstimme war zu hören: »Hi, hier ist euer Wolfman, und ihr hört Radio Rocky Beach, den coolsten Sender zwischen Miami und Alaska. Wir sind wieder auf Sendung.«

Darauf hatte Justus so gespannt gewartet. Jedes Wochenende von acht bis Mitternacht sendete Radio Rocky Beach ausschließlich Wunschhits. Wolfman war der kultige DJ, und obwohl jeder seine Stimme kannte, hatte ihn noch niemand zu Gesicht bekommen. Und das aus gutem Grund: Radio Rocky Beach hatte keine Genehmigung der Behörden – es war ein Piratensender.

»Warum können Lehrer nicht tauchen?«, fragte Wolfman und machte eine kurze Pause. »Weil sie so hohl sind«, lachte er, und Justus lachte mit, obwohl er den Witz schon mal gehört hatte. Die ganze Sendung über konnte man anrufen und sich Musiktitel wünschen, Freunde grüßen, von Partys erzählen, Gerüchte verbreiten oder nur mit dem DJ rumquatschen.

Die Anrufe wurden von einer Lara entgegengenommen, und wenn man Glück hatte, stellte sie einen direkt zum Moderator ins Studio durch, und man war ON AIR, auf Sendung. Wer am Wochenende nicht Wolfman gehört hatte, konnte am Montag in der Schule nicht mitreden.

»Leute, ruft mich an und schüttet euer Herz aus.

Habt ihr Liebeskummer oder seid einfach nicht gut drauf – Wolfman wird's schon richten. Rocky Beach, hört ihr mich? Hier schlägt das Herz von Kalifornien.«

Gut zwei Stunden vergingen, als plötzlich das Telefon klingelte. Mit einem Satz sprang Justus aus dem Sessel und rannte die Treppe hinunter.

»Hier ist Justus Jonas«, meldete er sich.

»Hallo, Just. Ich bin's, Peter«, hörte er auf der anderen Seite der Leitung. »Hörst du auch gerade Wolfman?«

»Logisch. Warte mal, ich geh eben nach oben in mein Zimmer«, rief Justus zurück und zog an der Telefonschnur. Sie reichte genau bis in sein Zimmer. »Was ist mit Bob?«, fragte er.

»Den rufe ich gleich an, und wir machen eine Konferenzschaltung.«

Peters Eltern hatten eine Telefonanlage, mit der man sich zu dritt unterhalten konnte. Kurz darauf meldete sich auch Bob. »Hi, hier ist Bob, und zwar der coolste Bob in Kalifornien und dem Rest der Welt«, grüßte er übermütig.

Justus, Peter und Bob saßen gemütlich in ihren Zimmern, hörten die Sendung von Wolfman und redeten wild durcheinander.

»Ich finde, unsere Eltern könnten jedes Wochenende ins Theater gehen«, meinte Peter.

»Von mir aus sogar jeden Tag«, setzte Bob noch eins drauf. Tante Mathilda, Onkel Titus und die Eltern von Peter und Bob besuchten regelmäßig zusammen die Vorstellungen.

Peter steckte sich eine Handvoll Gummibärchen in den Mund und schmatzte durchs Telefon: »Ich würde gern mal das Sendestudio von Wolfman sehen.«

Justus schmatzte mit Chips zurück und enttäuschte ihn: »Das kannst du vergessen. Keiner weiß, woher Wolfman sendet. Wahrscheinlich hat er ein mobiles Studio und fährt damit in der Gegend herum.«

»Woher willst du wissen, dass Wolfman fährt?«, bemerkte Bob. »Vielleicht sitzt er ja auch in einem Hubschrauber oder in einem U-Boot direkt vor der Küste von Rocky Beach?«

Diese Vorstellung fanden alle drei sehr aufregend, und sie erfanden immer wildere Theorien. Der Radiosender wurde zunehmend geheimnisvoller, bis er am Ende sogar in den Besitz von Außerirdischen gelangte. Mittlerweile war es schon nach elf, als bei Justus plötzlich eine Glocke laut bimmelte.

»Tantenalarm!«, rief er in den Telefonhörer, und Peter und Bob wussten sofort, was los war. Tante Mathilda und Onkel Titus kamen in diesem Augenblick aus dem Theater zurück. Sie hatten das große Tor zum Grundstück geöffnet und fuhren nun in dem alten Transporter auf das Haus zu. Was sie nicht wussten war, dass Justus an dem Tor einen Faden angebracht hatte. Dieser Faden verlief quer

durch den Garten und endete an der Glocke in seinem Zimmer. Sobald das Tor geöffnet wurde, zog sich der Faden stramm, und es begann zu bimmeln.

»Sie kommen!«, rief Justus hastig. »Eure Eltern müssten auch gleich zu Hause sein. Wir sehen uns morgen in der Kaffeekanne.« Blitzschnell rannte er die Treppe hinunter und stellte das Telefon wieder auf seinen alten Platz in der Diele. Hinter der Tür vernahm er schon das Klimpern von Schlüsseln, und

Justus schaffte es in allerletzter Sekunde, unbemerkt in sein Zimmer zu rennen.

»Es ist schrecklich«, hörte er Tante Mathilda jammern. »Was sind das nur für Zeiten. Alles ist weg. Man mag ja nicht mehr das Haus verlassen ...« Justus presste sein Ohr an die Tür, um alles mitzubekommen.

Onkel Titus schien sie zu beruhigen: »Nun reg dich wieder ab, Mathilda. Man kann alles ersetzen.«

Das war zu viel für Justus' Neugierde, und langsam öffnete er die Tür. »Was ist denn los da unten?«, fragte er unschuldig.

Die beiden sahen zu ihm hoch und antworteten im Chor: »Der Wagen ist aufgebrochen worden.«

Spurensuche

»Der Wagen ist aufgebrochen worden?«, wiederholte Justus ungläubig.

»Ja, jemand hat die Scheibe eingeschlagen und meinen schönen Mantel gestohlen«, jammerte Tante Mathilda. »Ich habe ihn extra im Auto gelassen, um die Garderobe zu sparen. In den Manteltaschen

hatte ich meine gesamten Papiere, die Monatskarte für den Bus und mein Telefonbüchlein.«

»Und weißt du, was das Schlimmste ist, Justus?«, fuhr Onkel Titus fort. »Meine Musikkassette ist weg.«

Mit diesen Worten ging er

traurig ins Wohnzimmer und setzte sich erschöpft auf das Sofa.

Justus war inzwischen die Treppe runtergelaufen: »Was denn für eine Kassette?«

Onkel Titus holte tief Luft: »Lange bevor sie berühmt geworden waren, gaben die Beatles ein Konzert in der Nähe von Rocky Beach. Sie spielten damals in einem kleinen Club am Hafen, und kaum einer kannte die vier Engländer. Doch mir ist es gelungen, heimlich das Konzert mit einem Rekorder mitzuschneiden. Tja, und diese Kassette war die einzige Aufnahme auf der ganzen Welt. Hätte ich mir doch bloß eine Kopie gemacht.« Kraftlos ließ er seinen Kopf hängen und sah auf den Boden.

»Ich glaube, wir gehen jetzt alle ins Bett und sehen morgen weiter«, tröstete ihn Tante Mathilda. »Gleich nach dem Frühstück rufe ich Kommissar Reynolds an. Vielleicht findet er den Dieb? So, und du, Justus, legst dich schnell wieder hin, sonst kommst du morgen früh nicht aus den Federn!«

In diesem Moment bemerkte Justus, dass er noch

gar keinen Schlafanzug anhatte. Nur schnell nach oben, bevor Tante Mathilda das auch auffällt, dachte er und verschwand eilig in seinem Zimmer.

Im Haus wurde es allmählich ruhig, doch Justus lag noch lange hellwach in seinem Bett. Warum klaut einer Tante Mathildas Mantel, grübelte er vor sich hin. Oder wollte der Dieb nur die Kassette mit der Aufnahme von den Beatles? Aber dann müsste er ja davon gewusst haben – und eigentlich war es nur ein Erinnerungsstück. Vielleicht hatten Onkel Titus und Tante Mathilda etwas Wichtiges übersehen? Etwas, womit sich der Einbrecher verraten könnte. Manche vergessen einen Zigarettenstummel am Tatort oder lassen ihre Handschuhe zurück.

Justus hielt es nicht mehr in seinem Zimmer aus. Er krabbelte unter das Bett und zog eine Taschenlampe hervor. Geräuschlos öffnete er das Fenster und kletterte vorsichtig nach draußen. Unter ihm lag der Schuppen, in dem Onkel Titus seinen Lieblingsschrott sammelte. Von dessen Dach aus konnte er ohne Mühe in den Hof gelangen.

Auf dieser Seite des Hauses schien das ganze Grundstück mit Schrott überhäuft. Für die meisten war es jedenfalls Schrott. Für Onkel Titus waren es wertvolle Rohstoffe, mit denen er handelte und sein Geld verdiente.

Es war stockdunkel, und nur ein schwaches Mondlicht schimmerte durch die Wolken. Justus knipste die Taschenlampe an und ging auf den Wagen zu. In dem Lichtstrahl konnte er schon von weitem die eingeschlagene Scheibe auf der Fahrerseite erkennen. Der Einbrecher hatte anscheinend erst gar nicht versucht, das Türschloss aufzubrechen. Entweder konnte er so etwas nicht oder er hatte einfach keine Zeit dafür gehabt. Es schien so, als hätte jemand blitzschnell, und ohne zu überlegen, alles zusammengerafft, was ihm in die Hände kam.

Wegen der kaputten Scheibe hatte Onkel Titus den Wagen nicht verschlossen, und Justus öffnete leise die Tür. Überall lagen winzige Glassplitter herum. Außer dem Mantel und der Kassette war anscheinend nichts geklaut worden. Weder das Autoradio noch den teuren Taschenrechner im Handschuhfach hatte der Dieb mitgehen lassen. Justus untersuchte Stück für Stück den Wagen, als ihm eine Glasscherbe auf dem Boden auffiel.

Vorsichtig hob er sie mit zwei Fingern auf und hielt sie unters Licht – an ihr klebte Blut.

Plötzlich hörte er Schritte auf dem Kiesweg. Blitzschnell knipste Justus seine Taschenlampe aus und rutschte vom Fahrersitz hinab in den Fußraum. Die Schritte kamen näher, und jemand blieb direkt vor dem Wagen stehen.

Wer ist das, schoss es Justus durch den Kopf, und sein Herz schlug bis zum Hals. Dieser Jemand hatte auch eine Taschenlampe und leuchtete von außen durch die kaputte Scheibe. Mit einem Ruck wurde die Tür geöffnet, und ein greller Lichtstrahl traf Justus mitten ins Gesicht. Er setzte schon zu einem Schrei an, als eine vertraute Stimme sagte: »Justus, was machst du denn hier?« Es war Onkel Titus.

»Bin ich froh, dass du es bist«, atmete Justus auf und war sichtlich erleichtert. »Ich ... ich wollte nur mal gucken, ob der Einbrecher nicht irgendwo Spuren hinterlassen hat.«

»Auf Verbrecherjagd, wie? Und das mitten in der Nacht im Schlafanzug. Du bist mir ein schöner Detektiv.« Jetzt mussten beide lachen.

»Aber warum bist du hier?«, fragte nun Justus neugierig.

Onkel Titus rückte seine Brille zurecht und erklärte: »Ich wollte einfach nur sichergehen, dass meine Kassette nicht doch noch im Auto liegt. Sie könnte ja unter den Sitz gefallen sein.«

»Ich hab alles durchsucht, hier ist nichts«, enttäuschte ihn Justus. Die Sache mit der blutverschmierten Scherbe erzählte er lieber nicht.

»Wäre auch zu schön gewesen«, seufzte Onkel Titus. »Ich denke, wir sollten jetzt schnell wieder ins Haus gehen. Tante Mathilda braucht nicht unbedingt von unseren nächtlichen Spaziergängen zu wissen, oder?«

Justus war damit sehr einverstanden, und kurze Zeit später lagen alle wieder in ihren Betten.

Polizeiarbeit

Am nächsten Morgen saß Justus müde am Frühstückstisch und stocherte in seinen Cornflakes. Er hatte keinen Appetit, und das kam sehr selten vor. Onkel Titus schien es nicht besser zu gehen, denn er trank eine Tasse Kaffee nach der anderen.

»Ihr seid mir vielleicht ein müder Verein«, bemerkte Tante Mathilda. »Man könnte meinen, ihr beide habt die ganze Nacht Verstecken gespielt.«

Onkel Titus nahm einen großen Schluck und zwinkerte Justus mit einem Auge zu. Justus grinste und sah zufällig auf die Uhr.

»Ich muss los!«, rief er und sprang vom Tisch auf.

»Aber du hast doch nicht mal aufgegessen!«, wollte Tante Mathilda gerade schimpfen, doch da war er schon zur Tür raus.

»Titus«, seufzte sie. »Warst du damals eigentlich auch so?«

Onkel Titus nahm die Serviette und putzte seine Brille. »Überhaupt nicht, Mathilda. Ich war ein ganz lieber, braver und höflicher Junge, der immer tat, was man ihm sagte.«

»Lügner«, lachte Tante Mathilda und verschwand in der Küche.

Mittlerweile saß Justus auf seinem Fahrrad und fuhr zur Kaffeekanne, dem geheimen Treffpunkt der drei ???. Dieser lag zwei Kilometer entfernt von Rocky Beach und war in Wirklichkeit ein ausgedienter Wasserspeicher für die alten Dampflokomotiven. Wie ein großes Holzfass stand er auf einem Gestell und hatte von unten eine Luke zum Reinklettern. An der Seite ragte ein schwenkbares Rohr heraus. Damit waren früher die Kessel der Lokomotiven mit Wasser gefüllt worden. Von Weitem betrachtet sah der Speicher aus wie eine Kaffeekanne und wurde daher auch so genannt.

Justus lehnte sein Rad an einen Holzpfeiler, stieg

an den Stahlsprossen nach oben und steckte seinen Kopf durch die Luke. Peter und Bob warteten schon auf ihn.

»Da bist du ja endlich, Just«, rief Peter und half ihm durch die Öffnung.

Die Kaffeekanne bot genügend Platz für drei Personen und allerhand Krimskrams. Hier lagerte alles, was man vielleicht mal gebrauchen könnte: ein kaputtes Schlauchboot, ein altes Fernrohr, Wolldecken und etliche Kisten, von denen keiner mehr wusste, was drin war.

Justus berichtete natürlich sofort, was sich in der Nacht zugetragen hatte. Peter und Bob hörten ihm gebannt zu.

»Eigentlich kann es nur jemand sein, der absoluter Beatles-Fan ist. Genau wie dein Onkel Titus«, fand Peter.

Justus knetete an seiner Unterlippe: »Woher sollte der Täter von der Kassette wissen? Onkel Titus hat es keinem erzählt. Genauso gut könnte es eine Frau gewesen sein, die einen Mantel brauchte.«

»Also, eine Frau ohne Mantel, die auf die Beatles steht und Monatskarten für den Bus sammelt«, witzelte Bob.

»Vielleicht sollten wir gar nicht so sehr daran denken, was der Dieb mitgenommen hat, sondern viel eher darauf gucken, was er alles dagelassen hat«, schlug Justus vor.

Peter schaute ihn verblüfft an und fragte: »Aber warum sollte uns das weiterbringen? Der Typ ging zum Wagen, zerschlug die Scheibe, setzte sich rein und überlegte, was er mitnehmen sollte, oder?«

»Just hat recht«, entschied Bob. »Ein bisschen bringt uns das schon weiter. Der Täter hat sich erst gar nicht reingesetzt. Er schlug die Scheibe ein und griff nur mit dem Arm in den Wagen. An das Handschuhfach mit dem Taschenrechner kam er überhaupt nicht ran.«

»Genau, und er ging wahrscheinlich auch nicht zu Fuß auf dem Bürgersteig«, fuhr Justus fort. »Denn sonst hätte er die Scheibe auf der Beifahrerseite genommen. Ich denke, er kam mit einem Auto oder was anderem von der Straßenseite. Blitzschnell wurde die Scheibe eingeschlagen, dann schnappte er sich, was er in die Hände bekam, und weg war er. Um das Autoradio auszubauen, war gar keine Zeit mehr.«

Die drei ??? sahen sich zufrieden an, als hätten sie den Fall schon gelöst. Peter rundete die Theorie noch ab: »Und in der Hektik hat sich der Dieb beim Durchgreifen an dem Glas verletzt. Wo ist diese Scherbe mit dem Blut eigentlich?«

Justus erschrak: »Mist, die hab ich ganz vergessen. Das Beweisstück liegt noch im Wagen. Hoffentlich hat Tante Mathilda das Auto noch nicht sauber gemacht.«

Ein paar Sekunden später saßen die drei auf ihren Rädern und rasten zurück nach Rocky Beach. Als sie am Schrottplatz ankamen, stand ein Polizeiwagen vor dem Transporter, und Kommissar Reynolds zog gerade einen Schreibblock aus seiner Uniform.

Tante Mathilda lief aufgeregt um ihn herum:

»Wie gesagt, Kommissar, alles ist weg. Mein Mantel, meine Papiere, die Monatskarte für den Bus …«

»… und Ihr Telefonbüchlein«, ergänzte Reynolds. »Sie haben es mir am Telefon schon zweimal aufgezählt.«

»Und meine Kassette. Vergessen Sie nicht meine Kassette mit den Beatles!«, rief Onkel Titus.

Tante Mathilda musste ein Formular für die Anzeige ausfüllen und zog Onkel Titus ins Haus.

Die drei ??? gingen auf den Kommissar zu.

»Und euch ist auch was geklaut worden?«, fragte der Polizist die drei.

Justus kniff die Augen zusammen und antwortete

mit fester Stimme: »Nein, wir suchen nur ein paar Antworten auf unsere Fragen.«

»Oha«, schmunzelte der Kommissar. »Vielleicht könnt ihr mir ja auf die Sprünge helfen?«

Reynolds staunte nicht schlecht, als die drei ??? ihm ihre Theorie erklärten. Verdutzt rückte er seine Mütze zurecht. »Dann werde ich euch mal was sagen, Jungs. In den letzten Wochen und Monaten hatte ich haufenweise solcher Fälle auf meinem Schreibtisch. Ich glaube, ihr liegt mit eurer Vermutung gar nicht so daneben. Der oder die Täter kommen immer abends am Wochenende, schlagen blitzschnell zu und sind somit kaum zu fassen.«

»Diesmal hat er aber was dagelassen«, platzte Bob heraus. »Wir haben sein Blut.«

»Ihr habt was?«, fragte Reynolds ungläubig und nahm seine Sonnenbrille ab. Alle vier gingen zum Transporter, und Justus suchte nach der blutigen Glasscherbe.

»Hier ist sie!«, rief er stolz und zeigte auf das Beweisstück. Der Kommissar war nun endgültig beeindruckt und legte die Scherbe in eine kleine Plastiktüte.

»Wisst ihr was, Jungs, warum kommt ihr nicht mit auf das Revier, und wir gehen die ganze Sache noch mal in Ruhe durch? Ich nehme euch natürlich in meinem Auto mit.«

Das brauchte man den drei ??? nicht zweimal vorzuschlagen. Kaum hatte er es ausgesprochen, saßen Justus, Peter und Bob auch schon im Polizeiwagen.

Der Kommissar sprach noch kurz mit Tante Mathilda und setzte sich dann hinters Lenkrad. »Blaulicht mach ich aber nicht an«, lachte er und gab Gas.

Reynolds Revier

»44 an Zentrale. Ich komme jetzt. Gießt mir schon mal einen Kaffee ein!«, rief Reynolds ins Funkgerät.

»Zentrale an 44. Haben verstanden, und der Kaffee wird gerade frisch aufgebrüht«, krächzte es aus einem kleinen Lautsprecher zurück.

Der Kommissar grinste und nahm noch mal das Mikrofon in die Hand: »Ach ja, ich brauche noch drei Becher Kakao!«

»Wir sind hier kein Schnellimbiss, Reynolds!«, hörte man die kratzige Stimme antworten. Alle im Auto mussten lachen.

Kurz darauf parkten sie vor dem Polizeirevier von Rocky Beach. Sie gingen ein paar Stufen hinauf und standen dann vor dem langen Tresen im Inneren der Wache.

»Da hast du ja einen schönen Fang gemacht, Reynolds«, scherzte ein Polizist hinter dem Empfangstresen und deutete auf die drei ???.

»Lach nicht, Steven, das sind unsere neuen Mitarbeiter. Und wenn du nur halb so gut wärst wie die drei, dann gäbe es keine Verbrecher mehr in Amerika. So, Jungs, hier geht's in mein Büro.«

Justus, Peter und Bob liefen ihm hinterher. Ihnen war der Auftritt eben recht peinlich gewesen.

Reynolds führte die drei durch die Wache und redete ununterbrochen. »Also, da vorn ist die Telefonzentrale. Alle Notrufe aus der Gegend kommen hier an und werden direkt weitergeleitet an die Einsatzfahrzeuge draußen. Diese nette Dame hier am Funkgerät zum Beispiel ist für Kaffee und Kakao zuständig.« Die nette Dame zeigte ihm einen Vogel und nahm den nächsten Funkspruch entgegen.

Gerade wollten alle in Reynolds Büro eintreten, als sie vom Eingang her laute Schreie vernahmen.

»Was ist denn da los?«, rief der Kommissar und rannte in die Richtung. »Ihr bleibt hier und rührt euch nicht von der Stelle!«, mahnte er die drei ???. Doch die waren viel zu neugierig und liefen ihm hinterher.

Vor dem Tresen waren vier Polizisten damit beschäftigt, einem riesigen Mann Handschellen anzulegen. Ein Beamter wurde mit einem Fußtritt auf den Boden geschleudert und krachte gegen die Eingangstür.

»Ihr miesen Schweine!«, tobte der Mann. »Mich steckt ihr nicht in den Knast!« Aus allen Ecken kamen jetzt Polizisten angerannt und versuchten, ihn in die Gewalt zu bekommen.

»Nun gib schon endlich auf, Big Ben!«, schrie Reynolds ihn an und bog ihm den rechten Arm auf den Rücken. Kurze Zeit später lag Big Ben an Händen und Füßen gefesselt auf dem Bauch und beschimpfte alle, die um ihn herumstanden.

»An sich ein netter Kerl«, keuchte der Kommissar und klopfte sich den Staub von der Uniform. »Nur wenn er was getrunken hat, weiß er nicht mehr, was er tut.«

»Was passiert jetzt mit ihm?«, fragte Bob neugierig.

»Nun, erst mal kommt er in eine unserer Ausnüchterungszellen. Morgen wird er dem Haftrichter vorgeführt, und danach wird er eine Weile hinter Gittern sitzen. Big Ben ist Stammkunde von uns. Wenn ihr wollt, zeige ich euch mal unseren ›Knast‹. Dies ist zwar nicht das richtige Gefängnis, aber bis über den Fall entschieden wird, sind die Jungs hier gut aufgehoben.«

Peter fand die Idee gar nicht gut, doch er wurde von Justus und Bob überstimmt.

»Ich kann mir das überhaupt nicht vorstellen, eingesperrt zu sein«, sagte Bob, als sie alle zur Treppe in den Keller gingen. Unten angekommen standen sie in einem langen Gang, von dem aus links und rechts schwere Gittertüren abgingen.

»Ihr habt Glück, Jungs. Das Hotel ist zurzeit nicht ausgebucht, und ihr habt freie Auswahl«, grinste Reynolds.

Kurz darauf fanden sich die drei ??? in einer kleinen Zelle wieder. Sie hatte kein Fenster, und es gab nur einen Stuhl, eine Pritsche und in einer Ecke die Toilette.

Reynolds blieb draußen stehen und verschloss die Tür mit einem riesigen Schlüssel. »Ich mach das, damit ihr euch vorstellen könnt, wie man sich hinter Gittern fühlt. Ich selbst habe mich mal probehalber einsperren lassen. Ich kann euch sagen, danach weiß man, was Gefängnis bedeutet. Nach zwei Tagen hab ich es nicht mehr ausgehalten.«

»Ich kann es mir jetzt schon vorstellen. Von mir aus können Sie uns wieder rauslassen!«, rief Peter zurück.

Reynolds klapperte mit dem Schlüssel am Schloss, doch die Tür ließ sich nicht öffnen.

»Ich hab's gleich. Irgendwas hakt an dem Ding. Ich versteh das nicht, da muss sich was verklemmt haben.«

»Das ist doch wohl ein Witz?«, jammerte Peter.

Doch er wurde vom Kommissar enttäuscht: »Tut mir leid, mit so etwas würde ich keine Scherze treiben. Habt ein wenig Geduld, ich hol den Hausmeister.«

Damit verschwand er, und die drei blieben allein in der Zelle zurück.

»Nun reg dich ab, Peter, der kommt gleich wieder und sprengt die Tür auf«, lachte Bob und legte sich auf die Pritsche. »Ich glaube, wenn ich hier richtig eingesperrt wäre, würde ich den ganzen Tag ans Ausbrechen denken.«

»Dann fang doch an, einen Tunnel zu buddeln!«, meinte Peter genervt.

Justus sah sich in dem kleinen Raum um und überlegte: »Irgendwie gibt es immer einen Weg. Man könnte sich über die Tür hängen und warten, bis sie die Zelle sauber machen und dann nichts wie weg. Ich hab das mal in einem Film gesehen.«

Peter musste jetzt doch lachen und machte vor, wie Justus mit Saugnäpfen an der Wand hochkrabbelte. Bob erfand anschließend die Hungermethode. Hierfür musste man so lange abmagern, bis man sich durch die Toilette nach draußen spülen konnte.

Doch dann kam endlich der Hausmeister und brach mit Gewalt das defekte Schloss auf. Alle waren froh, wieder in Freiheit zu sein.

Papierkrieg

»Tut mir wirklich leid, Jungs. Ihr hattet doch keine Angst, oder?«, entschuldigte sich der Kommissar.

»Angst kennt keiner von uns«, lachte Bob und klopfte Peter auf die Schulter.

Sie gingen wieder die Treppe hinauf, und aus einer der hinteren Zellen hörte man Big Ben wütend herumschreien.

Reynolds' Büro war vollgestellt mit Aktenschränken und vielen Regalen. Er setzte sich hinter seinen Schreibtisch, der überhäuft war mit Ordnern und stapelweise Zetteln.

»Tja, hier verbringe ich die meiste Zeit. Akten lesen, Berichte schreiben und den ganzen Tag gegen diese Papierflut kämpfen.«

Die drei ??? besahen sich das Chaos in dem Büro

und setzten sich auf eine Holzbank neben dem Fenster.

»Haben Sie keinen Computer?«, fragte plötzlich Bob und zeigte auf die Zettelberge.

»Doch, doch, aber ich trau den Dingern nicht. Und ein Computer hat noch nie einem Verbrecher Handschellen angelegt. Ach ja, und Kakao kommt auch nicht aus den Apparaten heraus. Ich hol euch mal eben welchen.«

Reynolds verschwand durch die Tür, und Justus musterte neugierig den Schreibtisch. »Guckt mal, hier liegt ein ganzer Berg von gesuchten Kriminellen. Der hier sieht aus wie Big Ben mit Schnauzbart«, lachte er und hielt ein Foto in die Luft.

»Just, setz dich lieber schnell wieder hin!«, flüsterte Peter und sah ängstlich zur Tür. Doch Justus wanderte durch den Raum und blieb vor einer großen Landkarte an der Wand stehen.

In diesem Moment kam Reynolds mit drei Bechern Kakao und einem Kaffee zurück. »Na, hast du euer Haus schon entdeckt?«, rief er. Justus fuhr mit einem Finger den Plan entlang und zeigte auf eine Stelle am äußeren Rand. »Genau hier wohnen wir. Und ungefähr dort wurde der Wagen von Onkel Titus aufgebrochen.«

Peter und Bob standen mittlerweile neben ihm und reichten Justus auch einen Kakao.

»Genau so ist es«, gab ihm der Kommissar recht. »Und deshalb wird auch dieser Tatort markiert.«

Reynolds steckte eine kleine Nadel mit einem schwarzen Kopf an die besagte Stelle. Die ganze Karte war übersät mit solchen Nadeln.

»Die grünen sind für einfachen Diebstahl, die gelben für Körperverletzungen, die schwarzen für Autoeinbrüche und die roten für Mord.«

»Ich sehe aber keine roten Nadeln«, stellte Bob fest.

»Das liegt daran, dass in dieser Gegend noch keiner ermordet wurde – und das soll am besten auch so bleiben«, klärte ihn Reynolds auf und nahm einen großen Schluck Kaffee.

Justus ließ die Augen nicht von dem Plan. »Dafür sind es aber ganz schön viele schwarze Nadeln«, befand er.

Der Kommissar zerknüllte seinen Pappbecher und warf ihn zu den anderen in den Papierkorb. »Es sind mit dem deines Onkels exakt 52 Autoaufbrüche. In Rocky Beach und drum herum. Und das alles in den letzten vier Monaten. Und jetzt kann ich euch auch sagen, warum ich so scharf auf eure Scherbe mit dem Blut bin. Wir gehen davon aus, dass es immer ein und derselbe Täter war. Es ist jedes Mal die gleiche Masche: Er schlägt die Autoscheiben ein, schnappt sich, was er kriegen kann, und weg ist er. Mal bekommt er nur einen Mantel, aber ab und zu angelt er sich ein prall gefülltes Portemonnaie. Bisher gab es keinen Hinweis auf den Täter. Jetzt haben wir zumindest einen Tropfen Blut von ihm.«

»Und damit kann man seine Blutgruppe bestimmen«, ergänzte Justus und knetete mit Daumen und Zeigefinger seine Unterlippe.

»Bingo!«, rief Reynolds fröhlich. »Und nicht nur das. Man kann dadurch herausfinden, wie alt der Täter ist, ob er raucht oder nicht und vieles mehr. Vielleicht ist es sogar eine Frau? Und dafür, dass ihr die Scherbe entdeckt habt, ernenne ich euch zu meinen Spezialermittlern.«

Diese Worte sprach er sehr feierlich aus, und Justus bekam seine Dienstmütze auf den Kopf gesetzt. Sie rutschte ihm weit über die Augen, und Peter und Bob verschluckten sich vor Lachen an ihrem Kakao.

Der Kommissar musste jetzt auch grinsen und nahm ihm die Mütze wieder ab.

»So, ihr Meisterdetektive, leider muss ich mich

noch durch einen Haufen Akten fressen. Natürlich würde ich euch auch wieder zurückfahren … falls es gar nicht anders geht … und wenn es keine andere Möglichkeit gibt …«

Die drei ??? verstanden sofort und boten an, zu Fuß nach Hause zu gehen.

»Könnten Sie mir eine Bitte erfüllen?«, fragte Justus höflich. »Ich würde gern noch einmal vorbeikommen, um die Plätze mit den schwarzen Nadeln, also den Autoaufbrüchen, in meinen eigenen Stadtplan zu übertragen.«

Doch Reynolds schüttelte den Kopf. Er holte einen Bogen Papier aus seiner Schreibtischschublade. »Die Mühe kannst du dir sparen. Hier ist eine Kopie der Karte. Es fehlt nur die Markierung von dem gestrigen Einbruch.«

Justus bedankte sich und rollte die Kopie zusammen.

Kurz darauf standen sie wieder draußen vor dem Revier und blinzelten in die Sonne.

»Sag mal, Meisterdetektiv«, begann Bob und sah Justus fragend an. »Was willst du denn mit der Karte?«

Fred Fireman

Justus betrachtete die Karte und antwortete unsicher: »Ich weiß es auch nicht. Ich hatte plötzlich das Gefühl, dass es uns weiterbringen könnte.«

Rocky Beach war um diese Zeit mit Leben erfüllt. Alle waren unterwegs, um ihre Einkäufe zu erledigen. Dicht gedrängt schoben sich die Autos durch die Straßen und versuchten, einen Parkplatz zu finden. Samstags war die Stadt brechend voll, und die drei ??? beschlossen, sich ins Getümmel zu stürzen.

Bob wollte nach neuen Computerspielen gucken, Peter lieber in einen Plattenladen, um CDs zu hören, und Justus hatte Hunger.

»Gehen wir doch in Burtons Kaufhaus, der hat alles«, schlug Bob vor, und die anderen beiden waren einverstanden.

Nach zwei Stunden war die Computerabteilung durchforscht, und Peter wusste wieder, welche CDs er noch unbedingt haben musste. Dann fuhren sie auf einer der großen Rolltreppen durch die Etagen.

»Es ist seltsam«, stellte Justus fest. »Unter diesen ganzen Leuten hier befinden sich garantiert auch einige Verbrecher. Vielleicht ist einer von denen sogar unser Autoknacker von gestern. Theoretisch könnte es jeder sein. Der Dicke da vorn mit dem Bart ... oder eine von den beiden Frauen mit der Kinderkarre?«

»Oder vielleicht bist du es ja selbst, Just?«, warf Bob lachend ein.

»Richtig«, fuhr Justus fort. »Nichts kann man ausschließen, bevor nicht das Gegenteil bewiesen ist.«

»Kaufen wir uns lieber ein Eis«, unterbrach Peter das Gespräch und schob die beiden zum Ausgang.

An dem großen Platz vor dem Rathaus gab es das beste und billigste Eiscafé von Rocky Beach. Bob und Peter bestellten sich jeder eine Kugel Meloneneis – Justus nahm fünf Kugeln Vanille. Dann

setzten sie sich an den Springbrunnen in der Mitte des Platzes.

Der Brunnen bestand aus einer riesigen Bronzefigur. Es war ein Denkmal für den Helden der Stadt:

Fred Fireman. Im Jahre 1902 wütete in Rocky Beach ein verheerender Brand. Fred Fireman gelang es, mit drei Kollegen der freiwilligen Feuerwehr die Kirche vor den Flammen zu retten. Er hatte den Einsatz nicht überlebt und darum stand er jetzt in Bronze gegossen mit seiner Wasserspritze in der Hand mitten in der Stadt.

»Vielleicht hat ja auch unser lieber Fred den Wagen aufgebrochen?«, begann Bob wieder von vorn und zeigte auf den Brunnen. Justus ignorierte es, schleckte an seinem Eis und betrachtete die Karte.

»Oder es waren geheimnisvolle Gullymänner, die nachts aus der Kanalisation herausklettern und armen Tanten die Mäntel klauen.« Justus tat, als hörte er nicht zu, und guckte gelangweilt in den Springbrunnen. Das Wasser schoss gleichmäßig aus Firemans Spritze und tropfte fröhlich nach unten.

Bob fing erneut an: »Aber es können auch Außerirdische mit einer Tarnkappe gewesen sein, die auf der Suche nach Monatskarten waren und …«

Weiter kam er nicht, denn plötzlich sprang Justus auf und Bob ließ vor Schreck sein Eis fallen.

»Fireman!«, rief Justus laut. »Das ist es! Fireman mit seiner Wasserspritze.«

»Hast du einen Knall, Just? Fireman soll Autos aufbrechen?«, rief Peter entgeistert.

»Quatsch, er hat mich nur auf eine Idee gebracht.«

Peter und Bob starrten Justus gebannt an.

Wasserspiele

Justus hob vom Boden ein Stöckchen auf und kratzte damit einen kleinen Kreis in den Sand.

Dann begann er zu erklären: »Also, dies ist Fireman von oben betrachtet. Aus der Mitte spritzt das Wasser hoch und tropft dann überall um ihn herum wieder runter.« Mit dem Stöckchen machte Justus lauter kleine Punkte. »Das hier sind alles Wassertropfen. Und jetzt guckt euch mal die Karte an, die Reynolds uns gegeben hat!«

Er legte die Karte daneben. Peter und Bob betrachteten abwechselnd das Bild und dann Justus' Zeichnung im Sand.

»Na ja, auf der Karte sind lauter schwarze Nadeln. Und hier sind die Wassertropfen«, stellte Peter fest. Bob begann ebenfalls zu grübeln: »Ich glaube,

ich weiß, worauf Just hinauswill: Um beide Ansammlungen kann man einen Kreis ziehen.«

Justus war jetzt sehr aufgeregt und erklärte weiter: »Bei den Wassertropfen befindet sich im Zentrum Fireman. Aber wer ist bei den schwarzen Nadeln in der Mitte?«

»Der Autoknacker ...«, durchzuckte es Peter und Bob gleichzeitig.

Die drei ??? sahen sich gegenseitig eine Weile an, und Justus war selbst ganz erstaunt über seine Theorie. Doch dann überlegte er weiter: »Es könnte so sein: Der Täter wohnt tatsächlich genau hier in der Mitte. Von da aus zieht er dann los auf Klautour, wie ein Löwe auf Beutejagd. Doch aus irgendeinem Grund bricht er nur Autos auf, die in diesem Kreis stehen.«

»Vielleicht kann er nicht so weit laufen«, warf Peter ein.

Bob war jetzt ebenso aufgeregt: »Oder der Typ hat nicht so viel Zeit. So, als ob Werbung im Fernsehen läuft, und du musst zurück sein, bevor der Film weitergeht. Jetzt brauchen wir nur noch gucken, wer da in der Mitte wohnt.«

Bob nahm die Karte in die Hand und betrachtete sie angestrengt durch seine Brille. Dann verzog er sein Gesicht. »Ich glaube, ich muss euch enttäuschen. Dort, wo der Unbekannte sein sollte, ist nichts.

Da steht nur das ehemalige Gefängnis von Rocky Beach. Mein Vater hat mal eine Reportage über diese Ruine geschrieben und mich dazu mitgenommen.« Bobs Vater war Reporter bei einer großen Zeitung in Los Angeles.

»Na ja«, meinte dann aber Justus. »So ein Ort ist auf der anderen Seite auch ein gutes Versteck. Ich denke, wir sollten uns das mal genauer ansehen.«

Die drei ??? beschlossen, zunächst nach Hause zu gehen, um ihre Fahrräder zu holen. Außerdem wartete Tante Mathilda mit dem Essen, und Justus hatte Hunger.

Hinter Gittern

Am frühen Nachmittag trafen sich alle wieder in der Kaffeekanne. Peter verstaute noch ihre Taschenlampen in seinem Rucksack, und dann machten sie sich auf den Weg zum alten Gefängnis.

Das baufällige Gebäude lag etwas außerhalb von Rocky Beach, und die drei hatten eine gute halbe Stunde mit dem Fahrrad vor sich. Schnurgeradeaus verlief die Straße ins Landesinnere.

»Seinen letzten Auftritt hatte der Knast vor etwa acht Jahren«, erzählte Bob. »Ein Filmteam aus Hollywood nutzte das Gelände als Kulisse. Mein Vater wusste sogar, wie der Film hieß. ›Tod hinter Gittern‹ oder so ähnlich.«

»Na super«, stöhnte Peter. »Genau das kann ich heute gebrauchen. Vielleicht versauert noch ein

Gefangener im Keller. Der hängt dort in Eisenketten an der Wand, und sein Bart reicht ihm bis zu den Füßen. ›Holt mich hier raus ... hört mich denn keiner ... ‹«, machte er den armen Teufel nach.

Von der Hauptstraße bogen sie dann nach rechts ab und fuhren weiter auf brüchigen Betonplatten. Überall wucherte Gestrüpp auf dem Weg, und ab und zu mussten sie absteigen.

Justus fuhr vorneweg und grübelte laut vor sich hin: »Ich möchte mal wissen, wie viele Gefangene schon diesen Weg langfuhren. Die sahen sich noch mal um und wussten, dass sie erst nach zehn Jahren oder sogar länger den Weg wieder zurückgehen würden.«

»Selber schuld«, fand Bob, und in dem Moment erblickten sie die hohe Mauer des Gefängnisses.

Runde Wachtürme standen an allen vier Ecken, und an vielen Stellen bröckelten Steine aus dem Gemäuer. Büsche und kleine Bäumchen wuchsen dort heraus. Der Weg führte direkt durch den riesigen Eingang. Zwei schwere Eisentüren hingen halb geöffnet in der Verankerung und ließen sich seit Jahren schon nicht mehr bewegen.

»Und wenn hier doch noch einer ist?«, murmelte Peter, aber die anderen beiden schienen nicht darauf zu hören.

Hinter der Mauer befand sich das eigentliche Gefängnis. Bob stieg vom Fahrrad ab und begann zu erklären: »Also, wenn einer es tatsächlich geschafft hatte, aus seiner Zelle zu flüchten, dann musste er noch über diese freie Fläche rennen. Und hier konnte man ihn natürlich leicht vom Wachturm aus entdecken. Dann kam auch noch die hohe Mauer, und soviel ich weiß, hat es damals niemand geschafft, hier auszubrechen.«

In das Gefängnis selbst kam man wieder nur durch einen großen Eingang, aber diesmal waren die Türen verschlossen.

»Das war's dann wohl«, meinte Peter, doch Justus und Bob erkundeten schon die Rückseite des Gebäudes.

»Hier kann man reinkommen!«, rief plötzlich Bob

und zeigte auf ein Loch im Mauerwerk. Und tatsächlich, an der Außenwand klaffte ein Riss, der an einer Stelle breit genug war, um hindurchzukrabbeln.

Alle drei stellten ihre Räder ab. Vorsichtig steckte Justus seinen Kopf in die Öffnung und rief Peter zu: »Gib mir mal eine Taschenlampe, hier drin ist es stockdunkel!«

Langsam zwängte er sich hindurch und war nicht mehr zu sehen. Doch dann hörte man ihn von innen rufen: »Ihr könnt nachkommen. Ich steh unter der Dusche.«

»Unter der Dusche?«, rief Bob ungläubig zurück und krabbelte hinterher.

Peter stand noch eine Weile nervös vor dem Loch. Er hatte dieses merkwürdige Gefühl, dass er in unheilvolle Dinge hineingezogen wurde. Doch dann kroch auch er in die Dunkelheit. Die Augen gewöhnten sich recht schnell an die Finsternis, und Justus stand wirklich unter einer Dusche.

Die drei ??? waren anscheinend direkt in den alten Waschräumen gelandet. An den gekachelten Wänden hingen verrostete Wasserleitungen, und auf dem Boden lagen kaputte Waschbecken.

»Ich hab schon heute Morgen geduscht«, meinte Bob und suchte den Ausgang. Mit den Taschenlampen fanden sie den Weg und gelangten in einen Flur.

Bob ging vorweg, Justus hinten und Peter hielt sich lieber zwischen den beiden auf. »Mir gefällt das nicht«, flüsterte er. »Mir gefällt das ganz und gar nicht.«

Am Ende des Ganges war der Weg durch eine schwere Holztür verschlossen. Bob rüttelte an dem verbogenen Türgriff und stellte enttäuscht fest: »Das können wir vergessen. Die Tür ist verrammelt und verriegelt.«

»Wenn wir uns zu dritt dagegenstemmen? Die Sache sieht ziemlich morsch aus«, schlug Justus vor.

Sie nahmen etwas Anlauf und prallten gleichzeitig gegen die Tür. Mit einem lauten Knall brach sie an beiden Seiten aus der Verankerung und fiel krachend zu Boden. Alle drei lagen zwischen Steinen und Holzteilen nebeneinander im Staub.

»Wo sind wir denn hier gelandet?«, rief Peter als Erster und sah sich ängstlich um.

Sie waren mitten im Zellenblock der Anstalt. Auf vielen Ebenen verliefen zahllose Gänge und Treppen, und durch die breite Öffnung im Inneren konnte man bis nach oben blicken. Die Decke war an einer Stelle eingebrochen, sodass sich ein scharfer Lichtstrahl einen Weg durch den Staub bahnen konnte.

Justus klopfte sich den Schmutz von der Hose und zeigte nach oben: »Lasst uns einmal ganz hochgehen, von dort können wir dann alles überblicken.«

Peter und Bob hatten keine bessere Idee und liefen ihm hinterher. Es war totenstill. Die Schritte der drei ??? hallten in dem riesigen Gebäude wider.

»Was suchen wir hier eigentlich?«, fragte Peter plötzlich und blieb stehen.

»Ich weiß es nicht«, gab ihm Justus zur Antwort. »Wenn man weiß, was man findet, braucht man auch nicht zu suchen.« Das klang logisch, und Peter setzte sich wieder in Bewegung.

Nach sehr vielen Stufen erreichten sie den obersten Gang. Dicht an dicht reihten sich die Zellen aneinander. Die meisten waren offen, oder die Türen fehlten ganz.

Bob beugte sich über das Geländer und sah nach

unten durch die Etagen. »Mein Vater hat erzählt, dass hier viele runtergesprungen sind und sich das Leben nahmen«, berichtete er. »Also, wenn ich hier zwanzig Jahre sitzen müsste, ich weiß nicht, ob ich nicht auch ...«

Weiter kam er nicht, denn plötzlich brach ein Teil des Geländers aus dem Beton. Krachend schlug das Metall zu Boden, und Bob stand frei vor dem Abgrund.

»Nimm meine Hand!«, schrie Peter panisch, doch Bob stand starr vor Schreck an derselben Stelle und zitterte am ganzen Körper.

»Streck einfach den Arm aus und greif meine Hand!«, wiederholte Peter diesmal mit erstaunlich ruhiger Stimme. Auch Justus wagte kaum zu atmen und streckte Bob seine Hand entgegen.

In Zeitlupe hob Bob den rechten Arm und drehte sich zu seinen beiden Freunden.

»Ganz langsam«, beruhigte ihn Peter. »Ich werde dich jetzt rüberziehen.« Dann packte er fest zu, und Bob war wieder in Sicherheit.

Lange Zeit sprach keiner ein Wort. Ab und zu bröckelten noch kleine Steinteile nach unten und zersprangen auf dem Boden. Dann holte Bob tief Luft. »Danke, Peter.«

Sie beschlossen, das alte Gefängnis so schnell wie möglich wieder zu verlassen.

Vorsichtig betraten sie die Stufen und hielten sich vom Geländer fern. In einer der mittleren Etagen entdeckte Justus ein schmales Treppenhaus. »Vielleicht kommen wir hier schneller zurück und müssen nicht noch mal durch das Loch kriechen?«, schlug er vor.

Peter und Bob waren einverstanden. Das Treppenhaus war damals anscheinend nur von den Gefängnisaufsehern benutzt worden. An einer Wand zeigte ein gemalter Pfeil nach oben. Darunter stand: Zum Wachturm.

Diesmal befand sich auf jeder Etage ein Fenster und erhellte die Räume. Alle drei waren froh, endlich wieder die Sonne zu sehen, atmeten die frische Luft ein und sahen in den Himmel.

Plötzlich zeigte Bob nach unten: »Da, guckt mal runter! Was ist das?«

Justus und Bob blickten neugierig in die Richtung und sahen in den Innenhof des Gefängnisses.

Ein quadratischer Platz, umrandet von hohen Mauern, und mittendrin stand ein schwarzer, riesiger Lastwagen – ein amerikanischer Truck.

Der schwarze Truck

»Wie kommt denn der hierher?«, fragte Peter.

Justus sah auf die beiden großen Türen im Gefängnishof. »Ich denke, er kam da durch«, vermutete er. »Das muss das verschlossene Tor sein, das wir von außen gesehen haben.«

Der Truck war so lang, dass er gerade in den Innenhof passte. Die Zugmaschine hatte zwei hohe verchromte Auspuffrohre und vorn eine mächtige Stoßstange.

»Der sieht nicht so aus, als ob den damals einer vergessen hätte«, bemerkte Peter.

Justus glaubte das auch und ging neugierig das Treppenhaus runter. »Ich bin mir sicher, dass es da unten in den Innenhof geht. Ich glaube, wir kommen der Sache langsam näher.«

»Hoffentlich kommen wir der Sache nicht zu nah«, murmelte Peter und trottete hinterher.

Justus sollte recht behalten, denn kurz darauf standen alle drei im Gefängnishof. Der schwarze Truck trug weder eine Aufschrift noch irgendwelche Firmenzeichen. Langsam gingen sie um ihn herum.

Am hinteren Ende entdeckte Peter Reifenspuren. »Der ist auf jeden Fall vor kurzer Zeit bewegt worden, denn sonst wären die Spuren vom letzten Regen weggespült worden.«

»Vielleicht können wir in die Fahrerkabine sehen?«, schlug Justus vor. Kurze Zeit später standen sie nebeneinander auf dem Trittbrett an der Fahrertür.

»Da kann man nicht reingucken«, stellte Bob fest. »Die Scheiben sind alle verspiegelt.«

»Da gibt es auch nichts zu gucken!«, hörten sie plötzlich eine Männerstimme hinter sich. Vor Schreck verloren alle drei den Halt und landeten auf dem staubigen Boden. Sie blickten hoch und sahen einen großen Mann mit kantigem Gesicht und einer Baseballkappe auf dem Kopf.

»Was habt ihr hier zu suchen?«, herrschte der Mann sie an.

Justus war der Erste, der sich wieder fing, und fragte etwas stockend: »Ist das Ihr Truck?«

Der Mann beugte sich zu Justus hinunter und sah ihm direkt in die Augen. »Bürschchen, soweit ich mich erinnern kann, hab ich eben eine Frage gestellt.«

Justus bekam rote Ohren.

»Was ist?«, wiederholte der Mann in einem scharfen Ton. »Was habt ihr, verdammt noch mal, hier zu suchen?«

Die drei ??? wagten kaum zu atmen. Plötzlich holte Justus tief Luft und platzte heraus: »Sie sind Wolfman.«

Keiner sagte etwas. Peter und Bob starrten Justus verwirrt an. Sekunden verstrichen.

»Wie kommst du denn darauf«, entgegnete der Mann etwas irritiert. Justus stand langsam auf und zeigte auf die große Antenne auf dem Dach des Trucks.

»Eine solche Antenne hat man nicht, um Radio zu hören. Das sieht mir eher wie ein Funkmast aus. Und auf Ihrer Baseballkappe stehen die Buchstaben: RRB. Ich denke, das heißt ›Radio Rocky Beach‹. Und ganz sicher war ich mir, als ich Ihre Stimme hörte. Sie sind Wolfman.«

Der Mann kratzte sich am Kinn und dachte nach. Peter und Bob rührten sich nicht von der Stelle. Dann gab der Mann kleinlaut zu: »Na, wenn du dir so sicher bist, hat es wohl keinen Sinn, weiter zu leugnen. Ich schätze, Wolfman ist enttarnt worden.« Jetzt sprangen auch die anderen beiden auf.

»Sie sind wirklich Wolfman?«, riefen Peter und Bob gleichzeitig und sahen ihn mit großen Augen an.

»Ich muss es wohl leider zugeben. Bisher war mein Versteck hier absolut sicher. Aber jetzt erzählt mir endlich, was ihr hier zu suchen habt!«

Peter wollte gerade antworten, als Justus ihm dazwischenfiel: »Wir haben hier lediglich Verstecken gespielt.«

»Verstecken spielen. Guter Witz! Ich mach das seit Monaten. Und versucht mal, so einen Truck zu verbergen«, gab Wolfman zurück. »Wisst ihr eigentlich, was alles hier drin ist? Nicht nur, dass ich in dem Ding schlafe, esse und koche ... Nein, hier drin ist eine komplette Radiostation.« Er klopfte stolz auf die Seitenwand.

Die drei waren sichtlich beeindruckt und hatten fast schon vergessen, wonach sie suchten.

»Ich hätte eine Bitte an euch«, fuhr Wolfman fort. »Radio Rocky Beach ist mein Leben. Und wahrscheinlich wisst ihr, dass ich offiziell gar nicht senden darf. Im Prinzip ist das hier ein Piratensender. Darum steht das Ding auch auf Rädern, damit ich schnell wegkann, wenn man mich einmal finden sollte. Also, ich wäre euch sehr dankbar, wenn ihr keinem was von der Sache hier erzählen würdet.«

Die drei ??? nickten sofort.

»Ich kann euch auch was dafür anbieten. Was haltet ihr davon, wenn ich euch im Gegenzug meinen Laden hier einmal von innen zeige?«

Justus, Peter und Bob waren begeistert.

Radio Rocky Beach

Wolfman sah jetzt gar nicht mehr so grimmig aus und ging mit den dreien ans Ende des Trucks. Dort öffnete er zwei große Stahltüren und klappte einen Tritt herunter. »Hereinspaziert in die heiligen Hallen von Radio Rocky Beach!«, rief er fröhlich.

Für einen Moment sahen sich Justus, Peter und Bob unsicher an.

»Was ist? Habt ihr plötzlich keine Lust mehr?« –

»Doch, doch«, antwortete Justus.

Langsam stiegen sie die Stufen hoch und gelangten in einen kleinen Vorraum. Überall lagen Kartons herum, und Wolfman begann die Führung: »Also, das hier ist nur zur Tarnung. Von dem Gerümpel müsst ihr euch nicht stören lassen.«

Dann öffnete er eine weitere Tür, und dahinter

sah es schon mehr nach Radio aus. An den Wänden hingen Lautsprecher, Kabel und blinkende Geräte. Davor war eine Art Pult angebracht, auf dem mehrere Telefone standen.

»Hier sitzt Lara. Sie übernimmt das Telefon. Sie ist passenderweise auch meine Freundin. Ich weiß gar nicht, wo sie momentan steckt. Sie macht nicht nur diesen Telefonjob. Lara managt den Laden auch und kümmert sich um alles, was nichts mit meinem Mikrofon zu tun hat. Zum Beispiel muss sie darauf achten, dass uns die Kohle nicht ausgeht. Mit Werbung kann ein Piratensender schlecht was verdienen.«

Wolfman lachte, wie er es im Radio tat, und öffnete eine weitere Tür. Das Licht ging an, und sie betraten einen großen Raum. Ringsum hingen Regale an den Wänden, prall gefüllt mit CDs, alten Schallplatten und Tonbändern. Rund um einen dicken Sessel standen Türme von blinkenden Geräten. Überall liefen kreuz und quer Kabel hindurch, und mittendrin ragte ein Mikrofon aus einem Mischpult.

»Nicht schlecht«, meinte Peter und pfiff anerkennend.

Wolfman nahm in seinem Sessel Platz und drehte an einem Regler. »Tja, und so sitze ich hier, und draußen hören mich tausend Leute.«

Aus Spaß nahm er das Mikrofon und sprach hinein: »Hi, hier ist euer Wolfman, und ich muss euch leider sagen, Leute: Mich haben gerade drei Rotzlöffel aufgespürt und bringen mich jetzt zur Polizei. Macht es gut, das war meine letzte Sendung.«

Alle fingen an zu lachen, als plötzlich eine Frau hereinplatzte.

»Was ist denn hier los?«, zischte sie in einem unangenehmen Ton. »Wer hat euch hier reingelassen?«

Sie hatte Wolfman hinter seinen Geräten nicht gesehen. Der stand jetzt auf und beruhigte sie: »Lass mal gut sein, Lara. Die Rotzlöffel sind in Ordnung.«

»Du weißt, wir hatten eine Abmachung«, wandte sie sich jetzt an ihn. »Die kannst du nicht einfach so brechen! Hier drin hat keiner was zu suchen.«

Wolfman ging auf sie zu und wollte ihre Hand nehmen. »Ich hab das mit den Jungs geklärt. Die standen plötzlich vor der Tür, und was sollte ich da anderes machen?«

Justus mischte sich in das Gespräch ein: »Sie können sich auf uns verlassen. Von uns erfährt keiner ein Sterbenswörtchen.«

Lara blickte Justus tief in die Augen und fuhr ihn an: »Das will ich auch hoffen. Denn sonst ... na ja ... sonst wäre das für keinen Beteiligten sehr gut. So, und jetzt darf ich euch bitten, das Studio frei zu machen. In ein paar Stunden gehen wir auf Sendung, und da ist noch einiges vorzubereiten.«

Mit diesen Worten ging sie nach vorn, öffnete eine weitere Tür und verschwand.

»Tut mir leid«, entschuldigte sich Wolfman. »Sie ist manchmal sehr aufbrausend. Ansonsten aber echt okay. Sie hat allerdings recht, ich muss noch ein paar Scheiben sortieren. Ich bringe euch jetzt zur Tür, und wenn ihr mir versprecht, dichtzuhalten, dann könnt ihr jederzeit wieder vorbeischauen.«

Er begleitete die drei ??? noch aus dem Truck. »Dann bis zum nächsten Mal, ihr Rotzlöffel. Ach ja, wie heißt ihr eigentlich?«, wollte Wolfman noch wissen.

Gerade versuchte Peter zu antworten, als Justus ihm dazwischenfiel: »Sagen Sie einfach ›Die drei ???‹ zu uns.«

Wolfman lachte. »Warum nennt ihr euch so?«

»Weil jeder, der den Namen hört, nachfragt«, erwiderte Justus.

Wolfman kratzte sich nachdenklich am Kinn und gab jedem einzeln die Hand.

»Netter Typ«, meinte Bob, als sie wieder draußen standen.

»Ja, ja ... netter Typ«, murmelte Justus und knetete seine Unterlippe.

Verdacht

»Eigentlich hätte uns Wolfman auch durchs große Tor rauslassen können. Er scheint ja einen Schlüssel dafür zu haben«, stellte Peter fest.

»Stimmt«, sagte Bob. »Aber ich glaub, wenn wir jetzt noch mal reingehen, dreht Lara durch.«

Sie nahmen wieder den Weg durch das alte Treppenhaus. Justus sah immer noch sehr nachdenklich aus, und Bob sprach ihn darauf an: »Sag mal, Just, irgendwie hast du was gegen Wolfman, oder?«

»Ich muss euch was sagen«, antwortete er. »Lasst uns dafür ganz nach oben gehen. Auf einem Pfeil stand vorhin, dass dort noch ein Wachturm ist.«

Peter und Bob waren einverstanden, und ein paar Stufen später standen sie alle drei hoch über dem Gefängnis in dem Wachturm. Es war ein klei-

ner quadratischer Raum mit großen Scheiben, von denen die meisten aber kaputt waren. Von hier aus konnte man direkt in den Innenhof sehen, und am Horizont schimmerte, kaum zu erkennen, der Pazifik.

»Also«, begann Justus. »Ich finde Wolfman natürlich auch okay, aber er ist unser Hauptverdächtiger.« Peter und Bob sahen ihn entgeistert an.

»Bist du bescheuert?«, schimpfte Bob.

Justus beruhigte ihn: »Ich sage ja auch gar nicht, dass er der Autoknacker ist. Er ist erst mal nur verdächtig.«

»Genauso gut könnte es auch diese komische Lara gewesen sein«, warf Peter ein.

»Die ist genauso verdächtig«, stimmte ihm Justus zu. »Ich will das ja auch nicht glauben, aber man muss sich an den Gedanken gewöhnen. Wir hatten heute am Brunnen eine Theorie. Keiner hat so recht geglaubt, dass wir hier was finden würden. Jetzt haben wir gleich zwei Leute entdeckt.«

In diesem Moment hörte man aus dem Innenhof laute Stimmen. Alle drei blickten nach unten und sahen Lara und Wolfman vor dem Truck.

»Wie konntest du diese Kinder nur in den Wagen lassen?«, schrie Lara aufgebracht. »Was meinst du wohl, was die zu Hause erzählen werden? ›Mami, Mami, wir haben heute beim Spielen was Tolles entdeckt!‹ Und dann dauert das keine halbe Stunde, und wir haben die Polizei am Hals.«

Aufgeregt lief sie mit ihren hochhackigen Schuhen in dem Gefängnishof auf und ab.

»Lara, die Jungs haben mir ihr Wort gegeben. Das sind meine Fans. Warum sollten die uns verpfeifen?«, beschwichtigte sie Wolfman. Lara trat wütend gegen einen der großen LKW-Reifen.

»Weil Kinder ihre große Klappe nicht halten können. Und deshalb werden wir ganz schnell von hier verschwinden.«

Wolfman schien sich geschlagen zu geben: »Na schön, hauen wir ab und suchen uns eine andere Stadt. Vielleicht hast du recht. Aber dieses Wochenende will ich noch von hier aus senden.«

Es sah so aus, als wäre Lara damit einverstanden, und beide verschwanden wieder im schwarzen Truck.

Oben im Wachturm war jedes ihrer Worte mit Spannung belauscht worden. Bob setzte sich auf den Boden. »Da hat Wolfman sich ja eine tolle Freundin angelacht«, seufzte er. »Doch die Einbrüche am Wochenende gehen unmöglich auf ihre Kappe. Ich hab das eben ausgerechnet. Nehmen wir mal an, Wolfman hat tatsächlich gestern Abend den Wagen von Justs Onkel aufgebrochen. Dann hätte er direkt, nachdem er was im Radio gesagt hat, losfahren müssen. Selbst mit einem schnellen Auto braucht man mindestens zehn Minuten. Den Blitzeinbruch rechne ich gar nicht mit, aber zurück braucht er noch mal zehn. Das heißt, er wäre erst nach frühestens zwanzig Minuten wieder im Radio zu hören gewesen. Und wie wir wissen, spricht Wolfman nach jedem Titel was ins Mikro.«

»Stimmt«, pflichtete ihm Peter bei. »Das nennt man ein klassisches Alibi. Und Lara kommt auch nicht infrage, denn die ist die ganze Zeit am Telefon zu erreichen.«

Justus blickte nachdenklich zum Pazifik. »Ich weiß«, sagte er kleinlaut. »Ich habe mir das auch schon durchgerechnet. Dennoch würde alles zusammenpassen. Das Alibi ist mir einfach zu perfekt.«

Bob klopfte ihm auf die Schulter: »Hör schon auf, Just! Du kannst es nicht verdauen, dass deine Theorie nicht aufgeht. Wolfman hat mit der Sache nichts zu tun.«

»Wäre schön, wenn du recht hättest«, murmelte Justus.

Wunschhits

Mittlerweile war es schon nach sieben, und die drei ??? beschlossen erst einmal, wieder nach Hause zu fahren. Sie tasteten sich zurück durch die dunklen Gänge und krabbelten durch das kleine Loch in der Mauer.

»Wir sind frei, wir sind die Profiausbrecher …«, lachte Bob und schwang sich auf sein Fahrrad. »Los, hauen wir ab, in knapp einer Stunde fängt Wolfman an.«

Auf dem Betonplattenweg sah sich Justus noch einmal um und betrachtete das geheimnisvolle Gefängnis. Dann bogen sie ab auf die Hauptstraße, die zurück nach Rocky Beach führte.

Nach einer Weile trennten sich ihre Wege.

»Wir sehen uns morgen früh in der Kaffeekanne«,

verabschiedete sich Justus von seinen beiden Freunden.

Tante Mathilda wartete schon mit dem Abendbrot auf ihn. Während er aß, blickte seine Tante auf den Hof. Onkel Titus kramte noch auf seinem Schrottplatz herum.

»Was der da immer rumwühlt?«, fragte sich Tante Mathilda und beobachtete ihn aus dem Fenster.

»Ich geh nach oben«, rief Justus mit vollen Backen und verschwand in seinem Zimmer. Schnell lief er zu dem alten Radio und schaltete ein. Wolfman war schon einige Minuten auf Sendung.

»Allen, die mich jetzt da draußen hören, möchte ich was sagen. Für euch am Mikrofon zu stehen, ist immer das Größte für mich gewesen. Auch wenn ich noch nie einen von euch gesehen habe, danke ich dafür, dass ich bei euch Gast sein durfte. Im Wohnzimmer, im Auto, in der Badewanne oder wo auch immer ihr mir zugehört habt. Egal was passiert ... Rocky Beach werde ich niemals vergessen. So, genug geschwafelt, denn hier kommt ein Wunsch von Sally aus der George Major School, und sie grüßt damit ihren lieben kleinen Mausepaul. Ab geht's!«

Justus ließ sich in seinem Sessel nieder und wusste, wie er Wolfmans Worte zu deuten hatte. ›Radio Rocky Beach‹ ging dieses Wochenende zum letzten Mal auf Sendung, und im Grunde genommen hatte er Schuld daran. Hätte Justus nicht die Theorie mit den Wassertropfen gehabt, wäre Wolfmans Versteck niemals von ihnen entdeckt worden.

Nach dem Titel meldete sich Wolfman zurück: »Tja, Mausepaul, ich hoffe, du hast den Gruß von deiner Sally gehört und hast Schmetterlinge im Bauch. Und da wir gerade am Grüßen sind, heute will ich selbst mal einen Gruß loslassen. Er geht an drei neugierige Fragezeichen, die hoffentlich ihr Wort halten.«

Als Justus das hörte, schämte er sich fast. Rocky Beach hatte ein paar tausend Einwohner, und jeder von denen wäre in der Lage gewesen, ein Auto aufzubrechen. Warum musste er seine Nase da auch reinstecken, ärgerte sich Justus. Schließlich gab es die Polizei, und Kommissar Reynolds machte seinen Job nicht zum ersten Mal.

Auf der anderen Seite waren immer noch nicht alle Zweifel bei Justus ausgeräumt. Vielleicht gab es noch einen Komplizen. Wolfman, Lara und ein unbekannter Dritter machten gemeinsame Sache? Vielleicht versteckte er sich im alten Gefängnis und hatte sie die ganze Zeit beobachtet?

Alles war möglich, und Justus schwirrte der Kopf. Es gab viel zu viele Fragen und keine Antwort.

Im Radio meldete sich gerade ein Junge und wünschte sich einen alten Schlager für seine Oma. »Tja, auch wenn mir bei dem Song der Ohrschmalz rausläuft, ich hab versprochen, dass ich jeden Titel auftreiben kann. Und was Wolfman verspricht, das hält er. Oma, aufgepasst, hier ist dein Schlager.«

Es war schon merkwürdig: Man konnte sich wünschen, was man wollte, Wolfman stöberte kurz herum und spielte dann den Titel. So war es auch diesmal, und Justus war beeindruckt.

Plötzlich durchzuckte ihn ein Gedanke. Wolfman hatte jeden Musiktitel in seinem Truck. Wirklich jeden? Vielleicht hatte er sogar Aufnahmen, die es nur einmal auf der ganzen Welt gab. Zum Beispiel eine der Beatles, aufgenommen in der Nähe von Rocky Beach in einem kleinen Club am Hafen?

Justus war ganz aufgeregt. Das war die einmalige Chance, sich endlich Klarheit über Wolfman zu verschaffen. Er beschloss, bei ›Radio Rocky Beach‹ anzurufen und sich diese Aufnahme zu wünschen.

Leise schlich er in die Diele und holte sich das Telefon in sein Zimmer. Entschlossen wählte er die Nummer der Radiostation, Wolfman hatte sie ja oft genug vorgebetet. Dann meldete sich eine Frauenstimme – es war Lara.

»Hallo, hier ist ›Radio Rocky Beach‹. Was können wir für dich tun?« Justus wurde jetzt doch etwas nervös und räusperte sich. »Ja, hallo, hier ist … äh … hier ist der Mausepaul.«

»Mausepaul?«, fragte sie verwundert. »Der vorhin von Sally gegrüßt wurde?«

»Genau der bin ich. Ich möchte Sally auch was sagen und mir einen Song wünschen«, log Justus und war froh, dass sie nicht sein rotes Gesicht sehen konnte.

»Na, da wird sich deine Sally aber freuen. Ich stell dich ins Studio durch zu Wolfman. Aber sag mal, irgendwie kommt mir deine Stimme bekannt vor?«

»Kann nicht sein. Wir sind gerade mit meinen Eltern nach Rocky Beach gezogen«, reagierte Justus blitzschnell. Lara schien damit zufrieden zu sein, und wenig später war Justus mit Wolfman verbunden. Er war jetzt live ON AIR, und jeder in der Stadt konnte ihn hören.

»Muss Liebe schön sein«, begann Wolfman. »Eben noch grüßte die bezaubernde Sally ihren Mausepaul und schon hab ich ihn in der Leitung. Hallo, Mausepaul, die ganze Welt hört dir jetzt zu.

Darum sag, was du deiner Liebsten schon immer sagen wolltest!«

Justus platzte fast der Kopf. »Äh … ich wollte Sally sagen, dass … dass ich sie auch sehr lieb habe und an ihre … blauen Augen denke … und so weiter. Ja, das war das eine … und jetzt würde ich mir gern für sie etwas wünschen.«

»Nur zu, Mausepaul. Wolfman hat alles.«

Justus holte tief Luft. »Okay, es gibt eine alte Aufnahme der Beatles. Damals kannte sie noch keiner. Sie spielten hier in der Nähe von Rocky Beach. Davon würde ich mir gern etwas für Sally wünschen.« Er wagte kaum zu atmen, und sekundenlang war es totenstill.

Doch dann hörte man Wolfmans Stimme: »Tja, das ist ja mal was ganz Außergewöhnliches. Aber ich will eurer Liebe nicht im Wege stehen. Durch Zufall entdeckte ich vor ein paar Tagen bei einem Trödler genau diese Aufnahme. Ich bin absoluter Beatles-Fan und musste das Ding natürlich sofort haben. Mausepaul, du hast Glück. Hier ist dein Song.«

Es knackte und rauschte, doch dann hörte man die leicht angestaubte Beatles-Aufnahme.

Wolfman war enttarnt, und irgendwo in Rocky Beach hockte eine Sally völlig verwirrt vor ihrem Radiogerät.

Auf der Lauer

Am nächsten Morgen trafen sich Justus, Peter und Bob wieder in der Kaffeekanne. Alle drei waren aufgeregt und fielen sich ständig ins Wort.

»Ich konnte es nicht glauben!«, rief Bob. »Als ich plötzlich Justs Stimme hörte, bin ich fast vom Hocker gefallen. Und Wolfman hat tatsächlich die Kassette gespielt … ich fasse es nicht.«

Peter schlug sich an die Stirn und meinte: »Wie kann Wolfman nur so blöd sein, die Kassette abzuspielen?«

»Na ja, woher sollte er wissen, dass es nur eine einzige Aufnahme gibt. Und außerdem war er so stolz, sie zu besitzen, dass er gar nicht mehr viel nachgedacht hat«, entgegnete Justus.

Peter setzte sich enttäuscht auf den Boden. »Und

Wolfman sabbelte noch was von Ehrenwort und so, und dann bricht er in Autos ein. Wir müssen sofort zu Reynolds und ihm die Geschichte erzählen.«

Doch Bob nahm seine Brille ab und überlegte laut: »Ich schätze, dass Reynolds uns auslachen wird. Wir haben überhaupt keine Beweise gegen Wolfman, und eins haben wir fast vergessen. Er hat ein wasserdichtes Alibi – wir selbst sind die besten Zeugen. Lara kommt auch nicht in Frage, also wissen wir bisher nur die halbe Wahrheit.«

Justus gab ihm recht. »So ist es. Wolfman könnte rein theoretisch die Kassette tatsächlich bei einem Trödler gekauft haben. Oder es gibt eine dritte Person? Es sind immer noch Fragen offen.«

»Und was heißt das nun?«, fragte Peter.

»Das heißt, wir müssen noch einmal in die Höhle des Löwen. Ich bin mir sicher, dass wir nur dort das Rätsel lösen können.«

Justus sagte diese Worte sehr entschlossen, so dass keiner seiner beiden Freunde daran zweifeln wollte. »Ich habe einen Plan«, fuhr er fort. »So ganz sicher bin ich noch nicht, aber bis zum Abend ist noch etwas Zeit. Heute macht Wolfman seine letzte Sendung, und auch für uns ist es die letzte Chance, die Sache aufzuklären. Wir treffen uns um sieben wieder hier. Peter, du hast doch so ein kleines Transistorradio? Das musst du unbedingt mitbringen! Ich muss jetzt wieder zurück, denn ich habe Onkel Titus versprochen, den Schrottplatz mit aufzuräumen.«

Dann verabschiedeten sich die drei Freunde, und jeder fuhr mit dem Rad nach Hause.

»Ich hab dir extra Handschuhe rausgesucht«, wurde Justus von seinem Onkel begrüßt. »Morgen bekomme ich eine ganze Ladung alter Computer, und ich weiß gar nicht, wo ich die alle hinstellen soll. Tante Mathilda macht mir die Hölle heiß, wenn die vor der Haustür landen«, lachte Titus Jonas. Dann schleppten sie zusammen den ganzen Tag kaputte Kühlschränke, verrostete Nähmaschinen und anderes Gerümpel hin und her.

Justus half gern auf dem Schrottplatz. Ab und zu

fand er geheimnisvolle Dinge in dem ganzen Zeug, und außerdem steckte ihm Onkel Titus danach regelmäßig Geld in die Tasche. Zwischendurch brachte Tante Mathilda selbst gebackenen Kirschkuchen mit Apfelsaft.

Dann saßen sie gemeinsam auf einer abgeschraubten Motorhaube in der Sonne, und manchmal vergaß Justus kurz, dass die beiden nicht seine richtigen Eltern waren. Pünktlich um sieben trafen sich die drei ??? wieder an der Kaffeekanne.

»Hast du das Transistorradio mit, Peter?«, fragte Justus.

»Na klar«, meinte dieser, und kurz darauf fuhren sie in Richtung des alten Gefängnisses.

Diesmal versteckten sie ihre Fahrräder vor den großen Außenmauern und rannten geduckt zu dem Loch in der Wand.

»Wir müssen unbemerkt auf den Wachturm«, erklärte Justus und zwängte sich in den alten Waschraum. Zu dritt schlichen sie durch den dunklen Flur. Draußen kam ein leichter Wind auf und begann, leise durch die langen Gänge zu pfeifen. In dem großen Zellenblock entdeckten sie auf dem Boden das herabgestürzte Geländer.

»Vielleicht hätten wir doch lieber Kommissar Reynolds anrufen sollen?«, flüsterte Peter, doch insgeheim wusste er, dass es dafür zu spät war. Wenig später erreichten sie den Wachturm und konnten unbemerkt in den Innenhof blicken.

»Da unten steht noch der Truck«, keuchte Bob nach den vielen Stufen. »Und am Ende sehe ich auch Wolfman zusammen mit Lara rumstehen. Aber, Moment ... jetzt gehen sie beide rein und schließen die Tür. Just, wie geht es nun weiter?«

»Erst mal muss Peter sein Transistorradio aus dem Rucksack holen, denn gleich ist es acht Uhr«, antwortete dieser hektisch.

Peter zog die Antennen aus und schaltete das Gerät ein. Noch war außer einem Rauschen nichts zu vernehmen. Doch dann hörten sie Wolfmans Stimme: »Hi, hier ist ›Radio Rocky Beach‹. Ruft mich an, und ich spiele eure Lieblingshits!«

»Und nun?«, fragte Bob. Justus schien nicht sofort eine Antwort auf die Frage zu haben und knetete nervös seine Unterlippe. »Abwarten. Wir müssen einfach abwarten.«

Das brauchten sie nicht lange, denn plötzlich öffnete sich die Tür, und ein Mann mit einem Lederanzug und Motorradhelm sprang aus dem Truck.

»Und schlepp nicht wieder alte Mäntel mit Busfahrkarten an!«, rief Lara ihm hinterher. Sie sahen, wie sie die Tür wieder von innen zuzog, während der Mann das große Tor des Gefängnishofes öffnete. Dann rannte er zu einem Gebüsch in einer Ecke des Hofes und verschwand dahinter.

»Ich seh ihn nicht mehr«, flüsterte Bob aufgeregt, doch dann hörten sie, wie ein Motor gestartet wurde. Die Äste wurden beiseite gedrückt, und plötzlich schoss ein Motorrad aus dem Gebüsch. Dröhnend donnerte es durch den Torbogen.

»Das ist ja irre«, stieß Peter hervor. »Wolfman haut mit einem Motorrad ab.«

Justus blickte ihm lange hinterher. Dann drehte er sich um und sagte nachdenklich: »Ob es wirklich Wolfman war, werden wir gleich wissen.«

In Ketten

»Wieso sollte er es nicht sein?«, fragte Peter verwundert.

Doch Justus brauchte nicht mehr zu antworten, denn in dem Moment hörte man Wolfmans Stimme aus dem Radio: »Das eben war ein Wunschhit von Richard aus der Palm Street. Und was jetzt kommt, ist ein spezieller Gruß von Simon an Mary Clarke zu ihrem heutigen Geburtstag. Herzlichen Glückwunsch auch von mir, Mary.«

Die drei ??? sahen sich ratlos an.

»Wer zum Teufel war denn eben der Mann mit dem Motorrad?«, fragte Bob und sah in den Innenhof.

»Ich weiß es auch nicht. Die Sache wird immer merkwürdiger. Vielleicht war es der dritte Mann?«, rätselte Justus. »Aber egal wer da unten noch alles ist, nun wissen wir, dass es die Autoknacker sind.« Darüber waren sie sich inzwischen einig.

»Und was ist, wenn die nach der Sendung wie angekündigt abhauen?«, befürchtete Bob.

Fieberhaft dachten die drei ??? nach. Reynolds musste verständigt werden, um Wolfman und Lara einzusperren. Doch die Zeit drängte.

Plötzlich hatte Justus eine geniale Idee: »Wisst ihr was? Eigentlich sind Wolfman und Lara schon im Gefängnis. Damit sie nicht wieder weglaufen, brauchen wir nur das zu machen, was in einem ordentlichen Gefängnis auch gemacht wird.« Peter und Bob sahen ihn mit großen Augen an.

»Wir müssen den Laden einfach abschließen.«

»Stimmt!«, rief Bob dazwischen. »Wir nehmen eins von unseren Fahrradschlössern und ketten damit die beiden Türen vom Truck zu.« Für diese Aufgabe wurde Peter ausgewählt.

»Du kannst einfach am schnellsten laufen«, entschied Bob, und Peter lief widerwillig los. Blitzschnell rannte er die Treppe hinunter und kam nach einer Weile im Innenhof wieder zum Vorschein. Er blickte nach oben und winkte mit dem Fahrradschloss. Dann schlich er zum Truck, stieg die Stufen empor und legte das lange Kettenschloss um die beiden Türgriffe. Im Radio machte Wolfman gerade wieder einen seiner Witze.

»Er hat es geschafft«, sagte Bob und ballte die Faust. »Die sitzen in der Falle.«

Gerade wollte Peter zurücklaufen, als er das Dröhnen eines Motorrades vernahm. Ratlos blickte er hinauf zu seinen beiden Freunden, die verzweifelt mit den Händen fuchtelten. Dann sprang Peter die Stufen hinunter und versteckte sich gerade noch rechtzeitig im Gebüsch.

»Oh nein, nicht in das Gebüsch!«, jammerte Bob oben im Wachturm.

Aber es war zu spät. Der Mann kam auf seinem Motorrad angeschossen und fuhr direkt auf Peter zu. Im letzten Moment bremste er mit quietschenden Reifen und sah auf den Truck.

»Er hat das Schloss entdeckt«, flüsterte Justus.

Der Mann lenkte in die Richtung und lehnte das laufende Motorrad an den Truck.

»Verdammt!«, schrie er aufgebracht und rüttelte an der Tür. Den Rest konnte man wegen des lauten Motorengeräuschs nicht mehr verstehen. Der Mann war außer sich vor Wut und bekam die Tür einen Spalt auf. Dahinter sah man plötzlich Lara, wie sie versuchte, von innen am Schloss zu reißen. Dann löste der Mann den Riemen an seinem Kinn und nahm den Helm ab.

»Wolfman ...«, flüsterte Bob erstaunt.

Er war es tatsächlich. Ihm glänzte der Schweiß auf der Stirn, und immer wieder stemmte er sich verzweifelt gegen die Tür. Lara und Wolfman brüllten sich noch irgendetwas zu, dann setzte er sich wieder auf sein Motorrad und raste aus dem Gefängnis.

»Ich wette, der holt Werkzeug«, vermutete Bob.

Peter kroch vorsichtig aus seinem Versteck. Langsam schlich er über den Innenhof und wollte zurück zum Wachturm. Als er neben dem Truck stand, hörte er ein ohrenbetäubendes Scheppern aus dem Inneren. Mit einem Satz sprang er unter den Wagen und rollte sich zwischen die mächtigen Reifen. Ein zweites Mal knallte etwas Schweres gegen die Tür. Beim dritten Mal zersprang das Kettenschloss in tausend Teile, die Türen krachten zu beiden Seiten auf, und Lara stolperte mitsamt einem schweren Wagenheber die Stufen hinunter. Dann rannte sie über den Hof und verschwand durch das Tor.

Aus dem Truck hörten sie das Radio. Es spielte gerade einen Titel zu Ende, und Wolfman plauderte munter durch den Lautsprecher: »Was für ein schöner Tag heute in Rocky Beach. Und darum erfülle ich mir einmal selbst einen Musikwunsch.«

Auf Sendung

Es war still in dem Gefängnis. Nur durch die weit geöffneten Türen des Trucks hörte man leise die Musik. Justus und Bob liefen die Treppen hinunter und versteckten sich hinter verrosteten Ölfässern.

»Peter …«, flüsterte Bob, so laut er es wagte. »Peter, wir sind hier unten.«

Peter rannte auf sie zu. »Da seid ihr ja! Was ist hier eigentlich los?«, stieß er hervor.

»Das wüsste ich auch gern«, erklärte Justus. »Es gibt nur einen Weg, das herauszufinden.«

»Mich kriegen da keine zehn Pferde rein!«, rief Peter sofort dazwischen.

Justus wollte ihn überzeugen: »Überleg doch mal! Was sollte uns schon Schlimmes erwarten? Wolfman ist weg, Lara ist weg, und den dritten Mann gibt es nicht.«

Peter schien nicht beruhigt. »Und wer plappert da im Radio? Wolfmans Geist?« Dann musste er selbst grinsen. »Na schön, gehen wir rein. Doch sowie wir was Verdächtiges entdecken, hauen wir ab.« Damit waren alle einverstanden.

Sie kletterten in den Truck und gelangten in den Raum, in dem Lara die Telefongespräche annahm.

In diesem Moment hörte man aus dem Sendestudio Wolfmans Stimme: »Halt, hier geblieben!«

Die drei standen wie angewurzelt. »Schaltet nicht um, denn Wolfman hat noch einen Leckerbissen für euch. Diesen Hit sang ich schon als Kind auf dem Schulhof, und jetzt hat ihn eine Band aus London gecovert und neu eingespielt. Lauscht rein und sagt mir, ob er euch gefällt!«

Alle atmeten erleichtert auf. Bob hörte eine Weile zu und meinte: »Nicht schlecht, aber ich fand das Original besser.«

»Dafür ist jetzt keine Zeit!«, zischte Peter.

Langsam ging Justus auf die Tür zu. Er drückte die Klinke nach unten und schob behutsam die Tür auf.

»Kannst du was erkennen?«, flüsterte Bob.

»Noch nicht ...«, antwortete Justus und steckte seinen Kopf durch den Spalt. Dann öffnete er die Tür mit einem Ruck. »Ich hab es mir gedacht!«, rief er laut und deutete auf das Sendepult. »Die ganze Zeit lief ein Tonbandgerät.«

Wolfman hatte Teile seiner Sendung anscheinend vorher aufgenommen und spielte diese nun ab.

»Jetzt wird manches klar«, sagte Justus. »Er hat sich damit das perfekte Alibi geschaffen. Natürlich musste er immer rechtzeitig wieder zurück sein von seinen Klautouren. Irgendwann kann das Band zu Ende sein.«

»Und uns hat er gestern erzählt, er müsste noch ein paar Scheiben sortieren«, regte sich Peter auf.

Justus sah sich im Studio um und machte eine Entdeckung. »Guckt mal, was ich gefunden habe. Hier ist die Kassette von Onkel Titus, und das ist endgültig der Beweis. Leider ist Wolfman auf und davon.«

Plötzlich klingelte das Studiotelefon.

»Wer kann das denn sein?«, fragte Bob überrascht.

»Es gibt nur einen Weg ...«, begann Justus, und Bob ergänzte: »... das rauszufinden. Ich weiß.«

Justus nahm den Hörer ab.

»Hallo, ich bin es, Wolfman. Lara, ich steh in einer Telefonzelle. Ich bin überall herumgefahren, aber bekomme am Sonntag nirgends Werkzeug für das verdammte Schloss. Wir sollten so schnell wie möglich verschwinden, und mir ist eingefallen, dass du vielleicht mit einem schweren Wagenheber die Tür aufstoßen könntest. Danach setzt du dich in den Truck, und wir treffen uns in …« Auf einmal stockte Wolfman. »Lara? Bist du es? Lara, hallo …?«

Alle drei lauschten dicht gedrängt am Hörer und sagten kein Wort.

»Wenn du es nicht bist, Lara, wer zum Teufel ist da am Apparat?« Dann legte Wolfman auf.

»Der lässt sich hier nicht mehr blicken«, begann Bob. Peter stimmte ihm zu: »An seiner Stelle würde ich jetzt das Weite suchen.« Justus lief nervös im Studio auf und ab und grübelte vor sich hin. »Vielleicht gibt es doch noch eine Chance. Ich halte Wolfman nicht für einen eiskalten Kriminellen. Vielleicht wäre es einen Versuch wert, ihn auszutricksen.«

Dann setzte sich Justus langsam auf Wolfmans Stuhl und sah auf den roten Knopf am Mischpult. Vor seiner runden Nase baumelte lauernd das Mikrofon.

»Was hast du vor, Just?«, fragte ihn Peter. Auf dem Tonband wollte Wolfman gerade jemanden grüßen, als Justus plötzlich das Stromkabel herauszog. Wolfmans Stimme stoppte abrupt.

Nun war es still im Studio. Dann setzte sich Justus den Kopfhörer auf und drückte entschlossen auf den roten Knopf. An der Wand erleuchtete das ON-AIR-Zeichen. Ganz Rocky Beach konnte ihn nun im Radio hören. Jedes Atmen, jedes Räuspern und je-

des Wort. Justus holte tief Luft und sprach ins Mikrofon:

»Wolfman, hören Sie mich. Ich weiß, dass Sie ein Radio an Ihrem Motorrad haben. Hier spricht Ju ...« Er biss sich auf die Lippen.

»Mann, sag doch irgendeinen Namen!«, wisperte Peter ihm ins Ohr.

Justus lief rot an, doch plötzlich sprudelte es aus ihm heraus: »... hier spricht Alfred Hitchcock.«

Peter und Bob fassten sich an den Kopf.

Justus sprach weiter: »Ich weiß, wer Sie sind und was Sie getan haben. Ihr Alibi ist aufgeflogen. Lara hat mir alles erzählt. Stellen Sie sich der Polizei. Das ist das einzig Vernünftige, das Ihnen noch übrig bleibt.«

Lange Zeit passierte nichts mehr, doch dann klingelte wieder das Telefon. Diesmal ging Bob an den Apparat. Er hörte dem Anrufer zu und rief aufgeregt zu Justus: »He, Just, ich hab Wolfman in der Leitung. Er will, dass man ihn im Radio hören kann. Du sollst so einen kleinen grünen Knopf an der Seite vom Mischpult drücken. Hast du den?« Justus fand den Knopf. Wolfman war jetzt auch ON AIR.

»Hier ist Wolfman. Es scheint so, als habe ich ganz schönen Mist gebaut, aber was passiert ist, ist passiert. Wer auch immer dieser Alfred ist, er hat recht. Ich sollte mich wohl lieber der Polizei stellen. Bevor ich aber für eine Weile abtauche, möchte ich allen, die mir regelmäßig zugehört haben, etwas sagen: Ich werde euch vermissen.

Das war das eine. Da Lara anscheinend so munter alles ausgeplappert hat, will ich auch was über sie erzählen. Sie hatte die Idee mit den Einbrüchen an den Wochenenden. ›Uns kann gar nichts passieren. Wir haben das perfekte Alibi mit den aufgezeichneten Sendungen.‹ Ja, ja ... ich höre sie noch reden. Sie wollte immer mehr Kohle zusammenklauen, damit wir in Hollywood eine richtig große Radiostation eröffnen könnten. Tja, jetzt haben wir was richtig Großes ... richtig großen Ärger am Hals ...«

Plötzlich flackerte das Licht im Studio. Der Kontakt zu Wolfman brach ab, und die Instrumente auf dem Sendepult erloschen. Nur noch eine spärliche Notbeleuchtung erhellte den Raum.

»Was ist passiert?«, schrie Peter erschrocken. »Lasst uns sofort abhauen!«

Doch dafür war es zu spät.

Sie hörten, wie der Motor angeworfen wurde, und mit einem heftigen Ruck setzte sich der Truck in Bewegung.

Straßenrennen

Alles im Studio fiel durcheinander. Justus rutschte auf seinem Stuhl nach hinten und krachte in ein Regal.

»Haltet euch fest!«, brüllte Bob und hielt sich krampfhaft an dem Sendepult fest. Peter lag am Boden und versuchte, zur Tür zu gelangen. »Da muss ein Irrer am Steuer sitzen!«, schrie er panisch.

Von allen Seiten prasselten CDs und alte Schallplatten auf sie herunter. Der Motor heulte auf, und im Inneren sah es aus wie nach einem Erdbeben. Dann rutschte alles noch einmal heftig zur einen Seite, und es wurde etwas ruhiger.

»Ich glaube, wir sind von dem Weg mit den Betonplatten runter«, stöhnte Bob.

Justus war unter Stapeln von Tonbändern begra-

ben. Langsam rappelte er sich auf und stolperte zu Peter. »Ich glaube, wir haben das Schlimmste hinter uns«, keuchte er.

Plötzlich krächzte eine Stimme durch einen Lautsprecher: »Das Schlimmste habt ihr noch vor euch.«

Die drei ??? sahen sich verwirrt an.

»Wer spricht da?«, rief Bob ins Leere.

»Dreimal dürft ihr Kinder raten.«

Jetzt wussten sie, wer am Lenkrad saß: Lara.

»Na, klingelt es bei euch? Ihr seid doch sonst immer so oberschlau. Ich hab von Anfang an gewusst, dass ihr nur Ärger bringt. Wenn es gestern nach mir gegangen wäre, dann ... dann ... aber was soll's, jetzt sind die Karten wieder neu gemischt.«

»Was haben Sie mit uns vor?«, rief Justus zurück.

»Was ich mit euch vorhabe?« Lara fing an, sehr böse zu lachen. »Mal sehen. Jetzt seid ihr zunächst einmal meine Lebensversicherung. Macht es euch bequem, wir haben vielleicht eine lange Reise vor uns.«

Man konnte spüren, dass der Truck an Geschwindigkeit zugenommen hatte. Justus hielt sich am Türrahmen fest und konzentrierte sich. »Wir müssen irgendetwas unternehmen. Lara traue ich alles zu. Wir brauchen dringend eine Idee.«

Er sah sich hastig im Truck um. Dann griff er sich plötzlich einen Stapel CDs. »Los, schnappt euch auch welche und dann schnell nach hinten zum Ausgang.«

Das kam so überraschend, dass keiner seiner beiden Freunde nachfragte. Schritt für Schritt tasteten sie sich nach hinten durch. Sie sahen durch die halb geöffnete Tür direkt auf die Straße.

»Haltet euch gut fest, sonst werdet ihr hinausgeschleudert!«, rief Peter den anderen zu.

Justus krallte sich an der Seitenwand fest und warf eine CD auf die Straße. Gleich darauf flog eine nach der anderen.

»Ich verstehe!«, rief Bob ihm zu. »Du willst eine Spur legen?«

Justus nickte. Während der nächsten Kilometer waren die drei ??? damit beschäftigt, CDs aus dem Truck zu schleudern.

»Ich kann es kaum mit ansehen«, jammerte Peter. »Ich freue mich, wenn ich eine geschenkt bekomme, und jetzt schmeißen wir die Top 100 über Bord.«

»Hör auf zu jammern. Was willst du mit den Dingern, wenn die Verrückte uns auf dem Gewissen hat.« Bob erschrak selbst über seinen Gedanken, und Peter warf schnell fünf CDs auf einmal hinaus. »Machen wir uns nicht gegenseitig Angst«, beruhigte er Bob. »Justs Idee mit der Spur ist das Einzige, was uns im Moment übrig bleibt. Hoffentlich findet jemand die Scheiben, bevor es dunkel wird.«

Blaulicht

Langsam ging die Sonne unter, und ein dunkelroter Streifen war am Ende der Straße zu erkennen.

»Auf jeden Fall fahren wir von der Küste weg nach Osten«, stellte Justus fest.

Die anderen beiden schien das nicht unbedingt aufzumuntern. »Das ist nicht die Hauptstraße nach Hollywood«, bemerkte Bob. »Das sind diese verwinkelten und verstaubten alten Nebenstrecken. Hier verirrt sich nur alle paar Tage mal ein Auto.«

Die CDs wurden bedrohlich knapp, und langsam verließ die drei ??? der Mut.

»Und wenn wir abspringen?«, schlug Peter vor, ließ dann aber die Idee schnell wieder fallen. Kein Mensch würde das bei dieser Geschwindigkeit überleben.

Plötzlich entdeckte Justus am Horizont ein blinkendes Licht. »Seht ihr das auch dort hinten?«, stieß er hervor und zeigte in die Richtung.

»Ich kann es auch erkennen!«, rief Peter zurück. »Es ist ein Auto. Was sage ich, es sind zwei ... drei ... es sind haufenweise Autos. Und auf dem Dach haben die ein Blaulicht. He, das ist die Polizei!«

Alle waren völlig außer sich. Insgesamt konnten sie acht Polizeiwagen ausmachen, die stetig näher kamen. Justus bemerkte, wie der Truck stärker zu wackeln begann. »Lara hat die Polizei anscheinend auch entdeckt. Sie gibt Gas. Haltet euch fest! Das wird gefährlich!«

Der Wagen donnerte jetzt mit Hochgeschwindigkeit über die schmale Nebenstrecke. Hinter dem Truck wirbelte eine Staubwolke auf, sodass die Polizeiwagen kaum noch zu erkennen waren.

»Die fährt uns alle noch in den Graben!«, schrie Bob. Aus der Ferne konnte man leise die Sirenen hören. Kurze Zeit später war der erste Polizeiwagen direkt hinter ihnen.

»Ich glaube, am Steuer sitzt Reynolds!«, rief Peter aufgeregt.

Und tatsächlich. Reynolds gab Lichtzeichen und griff zu seinem Mikrofon. Auf dem Dach hatte er einen großen Lautsprecher. »Jungs, bleibt ganz ruhig, wir holen euch da raus«, krächzte er.

Dann beschleunigte er und wollte den Truck auf der linken Seite überholen. Als er direkt neben ihm fuhr, lenkte Lara plötzlich den Truck zur Seite, und Reynolds musste auf den Standstreifen ausweichen.

»Die brauchen Hubschrauber«, entschied Bob.

Der Kommissar fuhr inzwischen wieder hinter ihnen.

»Solange wir hier drin sind, können die kaum was machen«, erklärte Justus. »Jetzt wissen wir, was Lara mit der ›Lebensversicherung‹ gemeint hat. Für sie sind wir so etwas wie Geiseln.«

Plötzlich hörten sie wieder den Lautsprecher krächzen. Doch diesmal war es nicht Reynolds, der da sprach, es war Wolfman. »Lara, hörst du mich, ich bin es. Ich hab mich der Polizei gestellt, und das solltest du auch. Bisher sind wir nur wegen Einbruch dran. Entführung ist eine ganz andere Sache. Hör auf, bevor etwas Schlimmes passiert!« Wolfmans Stimme zitterte. Doch der Truck raste unvermindert weiter.

»Was ist, wenn Lara ihn nicht hören kann. Oder

wenn ihr alles egal ist?«, stammelte Peter. Keiner gab ihm eine Antwort.

Wolfman beschwor Lara erneut: »Lara, ich bitte dich. Halt den Wagen an! Wirf nicht unser Leben weg! Wir sitzen unsere Zeit ab und fangen wieder von vorne an.«

Eine Weile passierte nichts, doch dann verlor der Truck langsam an Geschwindigkeit.

»Sie gibt auf!«, jubelten die drei ???. Der Wagen kam allmählich völlig zum Stehen, und dann ging alles ganz schnell.

Auf beiden Seiten schossen die Polizeifahrzeuge heran, und aus den Türen sprangen mehrere Polizisten. Mit erhobener Waffe rannten die Beamten auf die Fahrertür zu und zerrten Lara auf den Boden. Sekunden später saß sie mit Handschellen auf dem Rücksitz eines Polizeiwagens.

Jetzt erst kletterten Justus, Peter und Bob aus dem Truck.

»Na, das ist ja eine schöne Geschichte!«, rief der Kommissar ihnen entgegen. »Meine Spezialeinheit nimmt mir den Job weg. Wisst ihr eigentlich, was hätte passieren können?« Doch richtig böse konnte er den dreien nicht sein, denn schließlich hatten sie den Fall gelöst.

»Genug geschimpft. Ich muss euch erst einmal danken. Ohne eure Hilfe hätten die beiden noch jahrelang Autos aufgebrochen.«

Nicht ohne Stolz strahlten die drei ??? ihn an.

»Jungs, was kann ich für euch tun? Wenn ihr wollt, schenke ich euch meine Ehrennadel für zwanzig Jahre Polizeidienst«, lachte Reynolds.

Justus schüttelte den Kopf und sagte: »Behalten Sie die lieber. Wir haben eine ganz andere Bitte.«

»Ihr bekommt jeden Wunsch erfüllt«, beteuerte der Kommissar.

»Dann erzählen Sie nichts unseren Eltern. Am besten erwähnen Sie uns überhaupt nicht.«

Peter und Bob nickten zustimmend.

»Nichts leichter als das«, freute sich Reynolds. »Dann nehme ich den Erfolg eben auf meine Kappe. Eine Sache müsst ihr mir aber noch verraten.

Diese geniale Idee mit den CDs auf der Straße. Das ist doch bestimmt aus irgend so einem Actionfilm, oder? Wie heißt der?«

Justus stand eine Weile sprachlos vor ihm und wurde rot bis über beide Ohren. Dann sagte er leise: »Kein Film. Das war ›Hänsel und Gretel‹.«

Heimliche Helden

Der Kommissar fuhr alle drei wieder zurück ins alte Gefängnis. Auf der Fahrt erzählte er, wie Wolfman sich auf dem Polizeirevier gestellt hatte. Gemeinsam hatte man dann nach dem Truck gesucht und durch Zufall die Fährte mit den CDs entdeckt.

»Wolfman sagte mir, er wolle im Gefängnis eine neue Radiostation aufmachen. Na, vielleicht darf er das sogar. Lara wird nicht so schnell wieder rauskommen. Übrigens, im alten Gefängnis zeigte er uns das Versteck mit den gestohlenen Sachen. Ich kann euch sagen, Hunderte Handtaschen und so etwas. Der Mantel deiner Tante wird sicherlich auch dabei sein. Natürlich hatten die beiden überall das Geld rausgenommen. Wolfman beteuerte, dass sie alles für den Radiosender ausgegeben hätten. Ich glaube ihm sogar, aber helfen wird es ihm auch nicht.«

Wenig später erreichten sie das alte Gefängnis.

»Nochmals vielen Dank, Jungs, ich denke, wir sehen uns in der nächsten Zeit«, rief Reynolds ihnen hinterher.

Dann standen die drei ??? wieder allein in dem leeren Innenhof.

»Das war nicht unbedingt eines der langweiligsten Wochenenden«, grinste Justus. »Und wisst ihr, warum ich das eben festgestellt habe? Weil ich den ganzen Abend nicht ans Essen gedacht habe.«

Peter und Bob sahen sich an und prusteten laut los vor Lachen.

Sie holten ihre Sachen aus dem Wachturm und gingen zu den Fahrrädern. Inzwischen war es fast dunkel geworden, und sie mussten ihre Lichter einschalten.

»Meine Eltern werden mir erst mal eine Predigt halten«, stöhnte Bob. »Ich werde einfach die Schuld auf Peter schieben«, beschloss er.

»Und ich schiebe die Schuld auf Just«, grinste Peter.

»Tja, dann muss ich wohl Bob in die Pfanne hauen«, lachte Justus, und alle drei fuhren fröhlich durch die Dunkelheit.

Kurz darauf trennten sich ihre Wege. Die Standpauke von Tante Mathilda hielt sich in Grenzen, und todmüde fiel Justus ins Bett.

Am nächsten Morgen wurde er unsanft von Tante Mathildas lauter Stimme geweckt.

»Titus, da jammerst du mir tagelang vor, dass deine Kassette weg ist, und jetzt das!«, hörte er sie schimpfen.

Leise öffnete Justus die Tür und belauschte die beiden von oben durch das Geländer.

»Ich kann mir das nicht erklären, Mathilda. Mir ist das ein Rätsel«, entschuldigte sich der arme Onkel Titus.

»Ach was, du wirst langsam vergesslich. Hättest du einmal selbst in deine Jackentasche geguckt, hättest du die Kassette auch gefunden. Alles durcheinander, wie auf deinem Schrottplatz. Schlimm, schlimm, schlimm …«, murmelte sie vor sich hin und verschwand in der Küche.

Onkel Titus hingegen strahlte bis über beide Ohren und hielt überglücklich seine Beatles-Aufnahme in den Händen.

Justus ging wieder in sein Zimmer und legte sich zufrieden aufs Bett. Er war noch sehr müde, denn mitten in der Nacht war er im Haus umhergelaufen und hatte sich heimlich an der Garderobe zu schaffen gemacht.